Fables
PHILOSOPHIQUES
ET POLITIQUES,

Dédiées au Général Lafayette,

PAR M. BOYER-NIOCHE.

DEUXIÈME ÉDITION
AUGMENTÉE D'UN QUATRIÈME LIVRE.

PARIS,
CHEZ IGONETTE, LIBRAIRE,
RUE DE SAVOIE, N° 12.

1831.

FABLES
Philosophiques

ET POLITIQUES.

IMPRIMERIE ET FONDERIE DE J. PINARD,
RUE D'ANJOU-DAUPHINE, N° 8.

Fables

PHILOSOPHIQUES

ET POLITIQUES,

Dédiées au Général Lafayette,

PAR

M. BOYER-NIOCHE.

⸻⸺

Deuxième Édition

AUGMENTÉE D'UN QUATRIÈME LIVRE.

PARIS.

CHEZ IGONETTE, LIBRAIRE,

RUE DE SAVOIE, N° 12.

⸻

1831.

L'AMI DE WASHINGTON,

Au Patriote de 89,

Au Prisonnier d'Olmutz,

Au Général en Chef des Gardes Nationales Françaises,

à

Lafayette,

L'auteur des Fables Philosophiques
et Politiques,

BOYER-NIOCHE.

PRÉFACE.

PRÉFACE.*

QUELQU'UN me disait : « Vous avez fait un recueil de fables où j'ai trouvé d'assez bonnes choses. Votre allégorie intitulée *la Philosophie, la Science et la Pauvreté*, votre *Chien de l'Hospice* et votre *Nouvelle du Luxembourg* sont même fort de mon goût; mais pas un mot de préface! pas le plus petit avant-propos! En vérité, c'est choquer l'usage de la plus étrange manière. Point de préface! quelle témérité! Se faire imprimer, sans en demander humblement la permission au public! sans réclamer son indulgence! sans lui dire sous quelles inspirations et dans quelles

---

* Comme cette préface est, dans plusieurs endroits, l'expression de mes principes politiques, et qu'elle aurait paru sous Charles X, sans les infames ordonnances qui ont amené sa chute, j'ai cru devoir n'y rien changer.

1

circonstances on a écrit! la manière, la forme, le
tour que l'on a pris! La chose est surprenante, extraor-
dinaire! »—« C'est donc le moyen infaillible d'obte-
nir les bonnes grâces de ce public si quinteux, si
difficile et quelquefois si injuste? » — « Qu'importe!
l'auteur n'en a pas moins rempli un de ses premiers
devoirs : éditeurs, libraires, auteurs, excepté vous, .
tout le monde convient que c'est de rigueur. C'est la
méthode connue pour grossir, enfler un ouvrage, et,
pour certaines gens, le poids et le volume sont une
recommandation. D'ailleurs, sans tant disserter, c'est
une excellente chose qu'une préface : aussi j'espère
bien que vous ne négligerez pas cette partie si es-
sentielle d'un livre lors de votre seconde édition. »
— « Mais encore faut-il avoir quelque chose à dire,
sinon de neuf, au moins d'utile. » — « Bon! toujours des scrupules; c'est égal, on répète ce qui a
déjà été dit cent fois, et lorsqu'on vient à se rencontrer avec tel ou tel, pour éluder l'accusation de pla-

giat, on renverse la phrase, grand art de beaucoup
d'écrivains fameux aujourd'hui. » — « Voici de fortes
raisons, je l'avoue ; mais je ne suis pas convaincu.
Irai-je, par exemple, combattant en faveur de Lok-
man, chercher à prouver qu'Ésope et lui sont deux
personnages ? Non pas que je sache, je serais trop
mal reçu des partisans nombreux de Boulanger qui
veut qu'ils n'en fassent qu'un. Je ne veux pas en-
trer en lice avec de si rudes jouteurs. Me livrerai-je
à de pénibles investigations pour démontrer que
l'Inde, la Chine ou l'Égypte est le berceau de l'apologue ? Si j'avance, avec Florian, que c'est l'Inde,
viendra un puits d'érudition qui me fera voir que je
ne sais ce que je dis : la question est trop ardue ou
trop oiseuse ; à d'autres la besogne. Soutiendrai-je,
avec Phèdre tout le premier, lui qui devait en savoir quelque chose, que l'apologue naquit de l'esclavage, et que c'est un déguisement à l'aide duquel
l'opprimé pouvait exprimer ses sentimens et dire im-

punément des vérités qui attaquaient ses oppresseurs? Non; parce que je crois, avec M. Arnault,
auteur de fables épigrammatiques charmantes, que
des hommes libres se sont servis de ce mode de com-
paraison avant les fabulistes esclaves, et que la fable,
loin d'être l'ombre répandue sur la vérité, est la lumière jetée sur elle; moyen de la rendre plus osten-
sible, plus saillante ou plus attrayante pour beaucoup de lecteurs; moyen qui permet à ceux qui
savent manier l'allégorie avec assez d'habileté et de
génie, de la montrer dans toute sa force et son éclat
aux personnes mêmes qui l'ont le plus en aver-
sion. Et les règles d'Aristote? la fable n'en veut
point; Despréaux le savait bien : il n'en a pas parlé.
D'une allure indépendante, la fable se plaît à va-
rier son costume et à prendre des formes diverses;
c'est ainsi qu'elle est dramatique, politique, épigram-
matique, etc. Au reste, le bonhomme est là pour répondre aux faiseurs de règles; j'ai, Dieu merci, assez

de goût pour m'apercevoir que son divin recueil est,
pour qui sait y lire, une poétique complète de l'apologue. Il nous a prouvé, par de nombreux exemples
où son génie s'est montré dans toute sa puissance,
que la fable pour être parfaite doit être dramatique ;
qu'elle doit avoir son exposition, son nœud, son dé-
nouement. S'il nous a également prouvé que la simplicité, la naïveté, et surtout la gaîté, sont des qua-
lités qui doivent dominer dans la fable, il ne nous
a dit nulle part qu'elles doivent être exclusives ; au
contraire, il nous apprend que la variété convient
surtout au fabuliste, et c'est de cette variété dans les
sujets, dans les tableaux, dans le style, que résulte
son plus grand charme. C'est avec un talent sans
égal qu'il a su prendre tous les tours, toutes les formes, tous les styles ; qu'il a su trouver un rapport
parfait entre l'expression et la nature du sujet. Personne n'invente et n'agence mieux un cadre que lui,
personne ne le remplit d'une manière plus ingé-

nieuse ou plus dramatique. * Enfin, La Fontaine avait
dans l'organisation précisément tout ce qu'il fallait
pour le rendre digne de ces deux vers où il est jugé
avec tant de bonheur par Guichard :

Dans le conte et la fable il n'eut point de rivaux,
Il peignit la nature et garda ses pinceaux.

Pourquoi faut-il que cet homme si grand de génie se
soit attiré des reproches mérités en mettant à la place
de vérités utiles des préceptes favorables au vice et
à la tyrannie! Mais accusons plutôt la nécessité du
temps où La Fontaine vivait que La Fontaine lui-
même; si son glorieux passage sur la terre eût été
retardé jusqu'à notre époque où l'idée dominante est
celle de la liberté, il n'aurait pas caressé le monstre
affreux du despotisme : le bonhomme eût subi la salutaire influence du régime constitutionnel.

* Nous retrouvons ce mérite dans Béranger, et ce n'est pas le
seul trait de ressemblance qu'on remarque entre le grand fabuliste
et le grand chansonnier.

J'ajouterai à ces réflexions une chose qui me paraît digne de remarque ; c'est que la moralité d'une fable doit être jetée vivement et de manière à saisir, à frapper soudainement l'esprit du lecteur ; c'est qu'elle doit avoir, autant que possible, une tournure proverbiale, ce que j'ai tenté plusieurs fois, mais peut-être sans succès. Cette difficulté est à l'affabulation ce que l'action est au corps de l'apologue ; c'est pourquoi les fables dramatiques dont la moralité a le caractère que je viens d'indiquer sont très rares, comparativement à celles qui ne sont que de simples narrations ou des récits dialogués.

J'ai parlé de règles ; voyez ce qu'elles deviennent une fois aux prises avec le génie : on s'était avisé de dire que les êtres inanimés devaient être exclus de l'apologue ; La Fontaine, pour toute réponse, fait *le Pot de terre et le Pot de fer;* ainsi du reste. A propos de ces acteurs inanimés de la fable, je ne puis résister au plaisir d'une citation ; il s'agit d'une fable de Marchand de la Viéville, qui n'est peut-être pas assez connue et qui, d'ailleurs, dédommagera mes lecteurs de l'ennui que leur causera cette rapsodie; car voilà que, bon gré mal gré, presque sans m'en apercevoir, je fais une préface ou quelque chose d'é-quivalent.

LES ÉCHELONS.

Partout où l'on est plus de deux,
On vit rarement sans querelle.
Les échelons d'une superbe échelle,
Un jour prirent dispute entr'eux
Sur le rang et la préséance :
Le plus élevé prétendait
Sur tous avoir la préférence ;
Pour le prouver il pérorait :
Entre nous, disait-il, il est trop de distance ;
D'ailleurs, chacun de nous, en sa place arrêté,
Ne détruit-il pas le système
De cette belle égalité
Que condamne la raison même ?
Mais, dit l'un d'eux, nous sommes tous de bois,
Et le hasard nous a placés, je pense.
D'accord ; mais placés une fois,
On admit la prééminence,

Le temps a consacré ce que fit le hasard.
            Pour renverser l'ordre ordinaire,
            Vous êtes venus un peu tard ;
        Vils échelons , apprenez à vous taire.
    Outré de ce discours qu'il ne soupçonnait pas,
    Un philosophe alors, s'emparant de l'échelle,
            Et la plaçant de haut en bas,
        Changea les rangs et finit la querelle.

Cependant, il ne faut pas rester en si beau chemin : hâtons-nous de terminer cette préface qui, je l'espère, sera la dernière que je ferai de ma vie. Halte là ; point de résolution si positive. Et ma traduction en vers des fables de Phèdre? Je le sens, je ne pourrai pas me dispenser d'un petit avant-propos : c'est encore là qu'il me faudra suer sang et eau. Mais, encore une fois, terminons pour n'être pas obligé de demander pardon au public de l'avoir trop ennuyé.

Depuis que Voltaire, pour me servir des expressions de Chénier, a créé une littérature nouvelle au milieu de notre littérature ; depuis qu'il a fécondé

cette grande pensée de Montaigne : « La philosophie
« formatrice des jugemens et des mœurs a le droit de
« se mêler partout », beaucoup d'écrivains distingués
ont suivi les traces du grand génie avec un succès
qui eût été plus éclatant encore sans les entraves dont
on ne peut s'affranchir dans un pays où il y a des
gens qui veulent des esclaves et d'autres qui ne peuvent se passer de maîtres ; dans un pays où, comme le
dit un poète éminemment national et souvent su-
blime, il est encore de ces hommes qui

> Pour en donner portent des fers.
>
> BÉRANGER.

Mais, en dépit de ces entraves, de bons esprits ten-
dent sans cesse à donner à la tragédie et à la comédie le caractère philosophique qu'elles devraient
avoir, et à les rendre, conformément à l'esprit du
temps où nous vivons, la première, historique, et la
seconde, politique. Eh bien! l'apologue, qui est aussi

ancien que les sociétés humaines, puisqu'on trouve
des exemples de ce genre de fiction chez les peuples
de la plus haute antiquité, l'apologue ne doit pas
rester en arrière, et tandis que la comédie, avec la-
quelle il a beaucoup d'analogie, est un miroir de
mœurs pour les hommes, il doit être pour eux un
miroir de vérités. Il doit prendre une place distin-
guée parmi les autres genres de poésie; pour cela,
il faut que le but en soit noble, élevé, et que la philosophie, qui n'est autre chose que la recherche de
la vérité, y apparaisse sous le voile léger de la fiction; car, quoi qu'en puissent dire quelques contemp-
teurs de ce genre de littérature, la fable alors sera
toujours en droit d'intéresser, parce qu'elle permet-
tra, comme je l'ai déjà laissé entrevoir, d'exprimer
des pensées généreuses, hardies, malgré le double
effort de la tyrannie et du fanatisme. L'allégorie, tout
en montrant la vérité sous son voile diaphane, ser-
vira d'égide au fabuliste philanthrope et le garantira

des coups que l'orgueil et l'hypocrisie pourraient lui porter. Enfin, des vérités utiles, importantes, habillées en apologues, seront autant de diamans qui, enchâssés habilement, reflètent un nouvel éclat et deviennent plus ostensibles, plus appréciables pour beaucoup de gens, ainsi que j'ai cherché à l'exprimer dans la première fable de mon recueil. Voilà ce qu'on peut faire à l'aide de l'allégorie, commune à toutes les langues, goûtée de tous les peuples, et de la poésie qui trouvera toujours des gens organisés pour l'aimer.

FABLES

PHILOSOPHIQUES ET POLITIQUES.

———

LIVRE PREMIER.

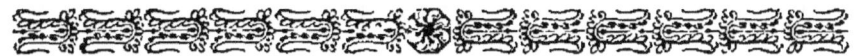

FABLES

PHILOSOPHIQUES ET POLITIQUES. [*]

LIVRE PREMIER.

Le Diamant.

✳

FABLE PREMIÈRE.

Un simple diamant se trouvait par hasard
Auprès de maint saphir et de mainte topaze,
Qu'un bijoutier venait d'enchâsser avec art,
Et qu'il vantait encore avec emphase ;

[*] Parmi les fables qui composent ce recueil, il en est plusieurs que j'ai imitées de Phèdre, de Krasicki et de Niemcewicz, poëtes polonais ; je dois encore les sujets de quelques unes à Formage et à M. Gauldrée de Boilleau ; toutes les autres sont de mon invention.

Aussi le diamant offrait en vain l'éclat
     Que lui dispensa la nature,
Pour lui point de chaland; mais il change d'état,
Et, poli, rehaussé d'une riche monture,
   Il reparaît; les yeux en sont surpris :
     Sur ma foi, c'est une merveille!
     Dit le chaland venu la veille;
   Enfin, chacun en reconnaît le prix.
De même, fort souvent, on néglige, on dédaigne
La vérité qui s'offre en sa simplicité;
Eh bien! qu'un fabuliste avec art nous la peigne,
Qu'un habit poétique alors lui soit prêté,
     Qu'elle cesse enfin d'être nue,
     La valeur en est reconnue.

Le Chien et les Moutons.

FABLE II.*

Souvent seul, marchant au hasard,
Je parcours la fertile plaine
Que dans son cours borne la Seine,
Et que domine Vaugirard.
Un jour j'y rencontrai la race débonnaire
De ces infortunés moutons,
Dont la chair assouvit les appétits gloutons
De mainte espèce sanguinaire.
A quelques pas de là je vis un homme assis;
Il n'avait point l'air d'un autre Tircis:
Point de pipeaux, point de musette,
Ni panetière, ni houlette;
Mais, pour tout attribut, un fer ensanglanté
Était pendant à son côté;

* Cette fable fut composée quelque temps après la mort de Ney.

Pasteur qui, d'un couteau s'armant chaque journée,

D'animaux innocens tranchait la destinée :

Bref, c'était un boucher. Je m'approche ; un vieux chien,

A son maître toujours fidèle ,

Mais rempli d'amour pour le bien,

Auprès de ces moutons active sentinelle,

Discourait avec eux ; voici leur entretien :

Je ne puis, disait-il, sans une peine amère,

Voir de votre destin le changement affreux,

Moutons infortunés ! je vous ai vus naguère

Sous un autre berger : que vous étiez heureux !

Mais vous avez changé de maître.

Considérez-le bien seulement une fois :

Au fer qu'il porte, au son de voix,

A tout son vêtement vous pourrez reconnaître

Quel est votre gardien : que je plains votre sort !

Un mouton lui répond : Ma foi, nous aurions tort

De n'être pas contens ; tu vois, nous pouvons paître

Ainsi que sous Tircis : tes soins sont superflus.

— Mais de Tircis déjà ne vous souvient-il plus ?

Il n'était pas pour vous d'assez gras pâturages,

D'assez limpides eaux, et d'assez frais ombrages;

Jamais vous n'éprouviez les rigueurs des saisons;

On admirait l'éclat de vos blanches toisons.

Tout le troupeau repart : Laisse-nous donc tranquilles,

Nous broutons notre saoul...—Ah! moutons imbécilles!

    Ce n'est, je vois bien,

    Qu'à l'heure fatale

    Où votre gardien

    D'une main brutale

    Vous donne la mort,

L'un après l'autre allant sur la rive infernale,

Que vous reconnaissez votre malheureux sort!

Ainsi, lecteur, voilà l'histoire de tant d'hommes

Si fiers de leur nature. Oh! moutons que nous sommes!

Presque partout encor nous nous laissons garder

Par tel ou tel pasteur, sans plus y regarder,

Et n'importe parfois que l'innocent périsse,

Que du même destin quelqu'un nous avertisse,

Stupidement en paix nous attendons le jour

    D'être égorgés à notre tour.

La Souris et la Tortue.

✽

FABLE III.

Une jeune souris, trottant à l'aventure,
Rencontre une tortue, et lui dit : ta maison,
Triste prison,
Doit te faire souvent maudire la nature ;
Vois d'ici mon palais, j'y loge avec le roi.
Notre amphibie alors répond à l'insolente :
De mon petit réduit je me trouve contente ;
Il est à moi.

Les Moqueurs.

❄

FABLE IV.

Dans certain café de Paris,
Où dix fois dans une heure un siége est pris, repris,
Où l'on voit s'assembler des gens de toute allure,
 Et des gens de toute figure,
Un borgne, dans son coin, tout fier d'avoir un œil,
Se moquait d'un aveugle. Avec pareil orgueil,
Certain louche à son tour riait de notre borgne.
Mais voyez ce vieillard, d'où vient sa bonne humeur?
Lunettes sur le nez, le voilà qui les lorgne,
 Se moquant du dernier moqueur.
 Un homme (on n'eut jamais la vue
 Et plus forte et plus étendue)
 A les observer à loisir
 Éprouvait un secret plaisir :
En rit-il? Je ne sais; mais au moins je dois dire
Que lui seul, en tel cas, à bon droit pouvait rire.

Les Perroquets et le Hibou.

✻

FABLE V.

Des perroquets, tous messieurs grands parleurs,
    Et de différent plumage,
    Vivaient dans la même cage;
Ils s'étaient divisés suivant leurs trois couleurs,
Les blancs avec les blancs; il en était de même
Des rouges et des verts : voilà donc trois partis.
Les blancs de dominer ont un désir extrême.
Tous honneurs, disent-ils, nous seront départis.
Mais à tous leurs projets les rouges sont contraires.
Ils répètent ces mots : nous allons égorger
      Tous ces téméraires,
Ou bien de notre bord ils viendront se ranger.
Il faut, disent les verts, sans haine et sans vengeance,
Rappelant parmi nous la modération,

Nous hâter d'étouffer l'esprit de faction,

Pour vivre désormais en bonne intelligence.

' Cependant, on agit avec hostilité ;

Tout dit que c'est le jour d'une guerre intestine :

    Jour odieux ! jour de calamité !

On entendit alors, d'une cage voisine,

Un hibou qui leur dit : Pourquoi tous ces caquets ?

Pourquoi vouloir ainsi vous mettre à la torture ?

Dites-moi, je vous prie, est-ce que la nature

    Ne vous fit pas tous perroquets ?

Les Plaideurs.

✳

FABLE VI.

Après nombre d'exploits, requêtes, ordonnances,
Renvois et nullités, appels, enfin sentences,
Lucas, dans un procès, par Pierre fut vaincu ;
Mais Pierre dépensa jusqu'au dernier écu ;
Aussi l'on vit bientôt mourir Lucas et Pierre :
Le perdant, de chagrin ; le gagnant, de misère.

Le Grillon et le Papillon.

❊

FABLE VII.

Un modeste grillon n'avait pour héritage
Qu'un trou ; mais il savait y vivre heureux en sage :
Grillon observait tout. Dès long-temps, à loisir,
Il voyait papillons, jouets d'un sort perfide,
Aux feux d'une bougie, en leur course rapide,
Aller se brûler l'aile et promptement périr.
Un soir qu'il en vit un, trompé par la lumière,
Voltiger et courir à son heure dernière :
Arrête, lui dit-il, arrête, ou le trépas !...
Ne voulant écouter que sa folle cervelle,
L'autre fait sourde oreille et ne s'arrête pas ;
Le voilà qui folâtre autour de la chandelle.
Le grillon de crier : Quelle indocilité !
Quelle rage est la tienne ! A ces mots, irrité,
L'arrogant au grillon adresse ce langage :

3

Le poltron quelquefois veut s'ériger en sage.

Reste, mon ami, reste en ton obscurité,

Et sache que pour moi brille cette clarté.

Le grillon ne dit mot. Notre insecte rebelle

Fit si bien qu'il parvint à se brûler une aile.

Alors, mais vainement, reconnaissant son tort,

Il dit : Mon cher grillon, j'ai mérité mon sort.

Si parmi nous, à la cour, à la ville,

On trouve peu de grillons,

C'est qu'en revanche on y compte par mille

Des insensés papillons.

La Belette et la Vipère.

✳

FABLE VIII.

Le printemps était de retour,
    Et la belette, au point du jour,
Rôdant par-ci, par-là, rencontre une vipère
Qui, pour rôder aussi, sortait de son repaire :
    Salut, aimable et chère sœur,
Dit l'animal rampant en s'avançant vers elle ;
Pourquoi vous détourner? venez, n'ayez pas peur :
Allons, regardez bien ; j'ai pris robe nouvelle ;
    Et, ma foi, depuis les beaux jours,
J'ai tout-à-fait perdu mon ancien caractère.
Par ces mots la belette interrompt son discours :
    C'est fort bien parlé, ma commère ;
    Cependant, s'il te plaît, tout beau !
Quand mille fois encor tu changerais de peau,
    Tu n'en serais pas moins vipère.

———

Le Dervis et son Disciple.

*

FABLE IX.

Du puits de Mahomet jadis un dervis sage,
Le matin, à midi, prenait un saint breuvage;
Son disciple, voulant le passer en savoir,
Va puiser le matin, vers midi, vers le soir.
Mais quoi! quand il se crut d'une sagesse unique,
Sans avoir rien appris, il était hydropique.

Les Oiseaux et l'Oiseleur.

❋

FABLE X.

Bouvreuil, et linotte et pinson,

Chantaient dans le même buisson :

Entr'eux survint une querelle.

Certes, ma voix est la plus belle,

Dit le bouvreuil : Ton chant est ennuyeux,

Lui répondit l'égrillarde linotte,

Et tu devrais savoir..... Tais-toi, petite sotte,

S'écria le pinson, car je chante le mieux ;

Admire avec quel goût j'exprime chaque note.

Mais le bouvreuil, moins querelleur,

Voyant passer un oiseleur,

Le pria d'être leur arbitre.

De conciliateur l'oiseleur prit le titre,

3.

Et promit de juger avec toute équité.

Avant tout, leur dit-il, entrez dans cette cage ;

Plus de débats. Oh, non ! querelle en liberté

Vaut mieux , dit chaque oiseau, que paix en esclavage.

Les Deux Limaçons.

✳

FABLE XI.

Deux limaçons, certain jour,
Chacun se vantant fort de courir le plus vite,
Se firent un défi : pour témoins on invite
        Les oisillons d'alentour.
        Aussitôt la gent ailée,
Quittant pour un moment arbres, toits ou buissons,
        S'en vient, tout d'une volée,
Pour juger le pari de nos deux limaçons.
Le signal est donné : chacun est dans l'attente ;
        Ainsi qu'aux courses d'Atalante
Étaient les héros grecs dans le stade accourus.
Il faut les voir ramper, se couvrir de poussière,
        Et, bientôt n'en pouvant plus,
S'arrêter presque ensemble au tiers de la carrière.

Ah! que d'efforts superflus!

Leur cria gente hirondelle:

Rampez, le sort le veut; il veut qu'à l'avenir

Cette leçon vous rappelle

Qu'on doit savoir marcher avant que de courir.

La Citrouille et l'Orme.

✷

FABLE XII.

ADVINT qu'une citrouille énorme

Dit autrefois à certain orme :

Vois mon accroissement ; eh bien ! j'ai mis cent jours,

Quand d'un siècle le tien employa tout le cours.

Dieu ! quelle différence extrême !

C'est vrai, répondit l'orme ; aussi ta vanité

Équivaut bien à ta beauté :

Tu t'accrus promptement, tu périras de même.

Le Hérisson et la Fourmi.

✲

FABLE XIII.

Un hérisson,
Faisant sa quête journalière,
Près d'un buisson,
Aperçoit une fourmilière;
Il s'arrête. Au même moment,
Pour le bonheur public travaillant avec zèle,
Une fourmi péniblement
Entraînait un fardeau quatre fois plus gros qu'elle.
Quel diable ainsi peut te pousser
A travailler jusqu'à te harasser?
Lui dit le porte-dard; ta folie est extrême.
Ne suis-je pas bien plus heureux
De ne vivre que pour moi-même?
La fourmi lui répond : De l'égoïsme affreux,

'Hérissons, soyez les apôtres ;

Des fourmis rien ne peut faire changer la loi :

Si je travaille pour les autres,

Les autres travaillent pour moi.

Esope jouant aux Noix.

✳

FABLE XIV.

De folâtres enfans jouaient un jour aux noix ;
Esope, nous dit-on, se mit de la partie ;
Lors un Athénien s'arrête, et dit : Je vois
Que ta haute sagesse enfin s'est démentie ;
Te voilà fou, bonhomme. Esope, au même instant,
Prend un arc, le détend, et le pose par terre.
Regarde bien, dit-il, c'est là tout mon mystère ;
Devine si tu peux, toi qui fais l'important.
Soudain le peuple accourt. Se creusant la cervelle,
Il faut voir réfléchir notre pauvre moqueur :
Trois fois de son esprit l'effort se renouvelle ;
Il succombe trois fois ; et le vieillard vainqueur
De la sorte parla : Pour faire bon usage
D'un arc, il faut savoir le détendre à propos,

Autrement il se rompt. C'est ainsi que le sage
A son esprit parfois accorde du repos,
Pour savoir à son gré, la fatigue passée,
Le trouver de nouveau plus apte à la pensée.

Le Hanneton.

FABLE XV.

Un hanneton frappait l'air de son aile ;
La vanité lui monte à la cervelle ;
Le bruit lui plaît ; il bourdonne plus fort :
Est-ce assez ? non ; toujours nouvel effort ;
Mais il rencontre un mur, et la bête s'assomme.

Tel, souvent parmi nous, qui se croit un grand homme,
Étourdi hanneton, ne fait que bourdonner ;
Grand foudre d'éloquence, ou grand foudre de guerre,
En vain par son fracas il assourdit la terre ;
Ainsi que Jupiter le fou voudrait tonner.
Humains, bourdonnez donc, contentez votre envie ;
Le sage sait en paix laisser couler la vie.

L'Éléphant à la Cour du Lion.

✤

FABLE XVI.

MALGRÉ sa royauté, tout cassé de vieillesse,

Après vingt ans de règne un lion décéda.

Monseigneur le dauphin, tout bouillant de jeunesse,

Suivant l'antique usage, au défunt succéda.

Des courriers vont partout répandre la nouvelle

De cette époque solennelle :

Tout animal, grand ou petit,

En est instruit,

Pour qu'aucun des sujets, sans une grave offense,

Ne puisse s'empêcher de venir, au jour dit,

Donner au gouvernant preuve d'obéissance.

Toute caverne donc, tout repaire écarté,

Par les courriers royaux est dûment visité ;

Près d'achever leur message,

Ils conduisent leurs pas jusqu'au lointain séjour

De certain éléphant qui, dès long-temps en sage,

Vivait en paix loin de la cour.

En vain notre vieux solitaire

Pesta contre l'événement;

Comme un autre, au lion il fallut qu'il vînt faire

Son compliment.

Après la fête,

Et le régal

Vraiment royal,

Où chaque bête

S'en donna, parbleu, bel et bien,

Dans une prochaine prairie

L'éléphant gravement porta sa rêverie.

Un gros ours, qui toujours s'ébahissait d'un rien,

Joignant à la sottise une grande jactance,

Aborde le penseur, et lui tient ce discours:

Tu réfléchis sans doute à l'étonnant concours

De grandeur, de noblesse et de magnificence

Que l'on rencontre en notre roi?

En effet, sois de bonne foi,

Avait-on jamais vu de si belles manières?

Comme son port est plein de grâce et de fierté!

    Avec quel air de dignité

    De la plus belle des crinières

Il agite les flots! A la cour de ses pères,

Non, jamais souverain n'a mieux représenté!

    Enfin il n'est rien qui l'égale;

    Tout esprit de rebellion

S'apaise au seul penser de son ire royale...

L'éléphant l'interrompt : L'appareil qu'on étale

    Ne peut me faire illusion;

Tout à travers le roi je sais voir le lion.

Les Chèvres et les Boucs.

✿

FABLE XVII.

Les chèvres, un beau jour, se mirent dans la tête
De porter barbe ; or donc, au plus puissant des dieux
Ces dames, sans tarder, adressent leur requête :
Sans barbe elles sont bien, avec barbe encor mieux.
Jupiter y souscrit. Les boucs, pleins de tristesse,
Jaloux de porter seuls ce signe de noblesse,
S'en plaignent hautement au souverain des cieux.
Laissez-les, leur dit-il, contenter leur caprice,
Et porter l'attribut de votre dignité ;
Je ne leur ai rendu qu'un bien faible service ;
Vous l'emportez toujours en magnanimité.

J'ai fini mon récit, et voici ma morale :
Et qu'importe, en effet, que tel autre m'égale
    Par l'habit dont il est vêtu,
    Si je le surpasse en vertu ?

L'Indien et le Chameau.

※

FABLE XVIII.

Suivant de son pays l'antique préjugé,
Un méchant garnement, dans le Gange plongé,
    Croyait de cette eau révérée
    Faire une ablution sacrée.
        Sur ma foi,
        Croyez-moi,
        Volatile
        Aquatile
    Ne se lava jamais mieux
    Que ce superstitieux.
Passe certain chameau; considérant cet homme,
Il s'arrête; mais quoi! c'est lui, précisément,
Qui de coups de bâton l'accabla si souvent.
Voilà ce que lui dit notre bête de somme :
        Je t'en réponds, pendant dix ans

Tu ferais le même manége,

Ton corps fût-il plus blanc que neige,

Tu perdrais ta peine et ton temps.

Je le sais, tu commis mainte action infame;

En vain ici tu viens pour t'en laver;

Il est, vil ignorant, des souillures de l'ame

Que jamais aucune eau ne saurait enlever.

Le Taureau et le Veau.

✳

FABLE XIX.

Las d'être tout un jour dans le même pacage,
A travers une haie, un taureau vigoureux,
    Cherchant à s'ouvrir un passage,
De la corne et du pied s'escrimait de son mieux.
    Un veau qui le regardait faire,
Lui dit : Attends, je vais te montrer la manière
Dont tu devrais agir pour franchir ce hallier.
Paix ! repart le taureau ; tu ne viens que de naître,
Et déjà tu voudrais, ignorant écolier,
    Donner des leçons à ton maître !

L'Écureuil Navigateur.*

✻

FABLE XX.

Un gentil écureuil, au bord d'une rivière,
Tant avait gambadé, gesticulé, sauté,
Qu'enfin, pour prendre haleine, il s'était arrêté
Tout en face d'un mont; campé sur son derrière,
Il regarde. Ah! dit-il, quel ravissant coup-d'œil!
Que de fleurs! que de fruits! la noisette et l'alise
Y promettent des mets dignes d'un écureuil.
Or çà, point de retard; que mon esprit avise

---

*' Tout le monde connaît l'agilité et la gentillesse de l'écureuil;
dans la gracieuse description que Buffon nous a laissée de cet intéres-
sant quadrupède, voici ce que j'ai trouvé de relatif à son art de navi-
guer : « Il craint l'eau plus encore que la terre; et l'on assure que,
« lorsqu'il faut la passer, il se sert d'une écorce pour vaisseau, et de
« sa queue pour voiles et gouvernail. » Ces mots l'*on assure* prouvent
évidemment que Buffon n'a jamais rien observé de semblable à ce
qu'il rapporte; en effet, il se contente de citer, à cet égard, une dis-
sertation de Sciero Volante *Phil. Trans.*, n° 97, p. 38.

Aux moyens de passer par là.

Il dit, et soudain le voilà

Qui sur le sable pousse ou traîne

Un morceau d'écorce de chêne,

Que sur le liquide élément

Il lance ; et puis, hardi pilote,

Sur sa fragile galiote

Il vogue. Expliquez-nous comment.

Je n'en sais rien. Au moins sur ce prodige

Dites un mot ? Je n'en sais rien, vous dis-je.

Messieurs, il vogue, et voilà tout.

Cependant des zéphyrs l'haleine protectrice

Le dirige à souhait. Oui, le ciel m'est propice ;

De rame il ne faut plus qu'un coup,

Dit-il, pour me pousser sur cette aimable rive ;

Du plaisir, du bonheur, ô douce perspective !

O transport !

Mais un orage !...

Il fait naufrage

Dans le port.

Les Deux Ages.

✳

FABLE XXI.

Chaque âge a ses désirs, chaque âge a ses tourmens.

Certain marmot endurait le martyre
Toutes les fois qu'il fallait lire.
Son père, qui déjà comptait ses soixante ans,
Souvent lui répétait : Comme le temps s'envole ;
Où sont les jours, hélas ! où j'allais à l'école ?
De ses plaintes chacun importunait les dieux :
L'un pleurait d'être jeune, et l'autre d'être vieux.

Le Pêcheur et le Petit Poisson.

✳

FABLE XXII.

Au bord d'une rivière, un pêcheur en silence
    Et planté là comme un héron,
    Après beaucoup de patience,
    Prit un pauvre petit vairon.
Alors avec dédain, considérant sa proie,
    Il lui dit : Pourquoi n'es-tu pas
Tanche ou brochet, perche, anguille ou lamproie?
    J'aurais fait un si bon repas!
    Mais toi, chétive créature,
A peine pourrait-on te manger en friture;
    Et je sens, à mon appétit,
Qu'il m'en faudrait un mille. Allons, rentre dans l'onde.
Frétin tombe, et répond : On voit que dans le monde
    Souvent c'est bien d'être petit.

5

Les Deux Amis.

✳

FABLE XXIII.

Quand le bon La Fontaine, en l'une de ses fables,
Du Monomotapa nous montre deux amis,
De prendre ici les miens je crois qu'il m'est permis.
On les nommait partout les deux inséparables.
Damon dit à Florval : A toi seul j'ai recours ;
Dans le plus vif besoin j'implore ton secours.
Tu sais, par mes aveux, que la charmante Irène,
D'amour, depuis long-temps, me fait porter la chaîne ;
Mais j'ai beau soupirer et gémir chaque jour,
Irène et ses parens rejettent mon amour.
Va les trouver, Florval ; ton aimable éloquence
Pourra fléchir leurs cœurs : c'est ma seule espérance.—
Souviens-toi, dit Florval, que, dès nos premiers ans,
D'être toujours amis nous fîmes les sermens :

Embrassons-nous : adieu ; je veux partir sur l'heure,
Et d'Irène ce soir je verrai la demeure ;
Notre amitié viendra m'inspirer, m'échauffer :
Le zèle de Florval pour toi va triompher.
Il dit, part ; et déjà de Damon voit la belle ;
Lui parle… en est épris, et s'unit avec elle.

Les Deux Chenilles.

✳

FABLE XXIV.

A M. M.-A. Jullien, membre de la Légion-d'Honneur, ci-devant
inspecteur aux revues, fondateur de la *Revue encyclopédique.*

Deux chenilles échappées
     Au froid d'un hiver meurtrier,
     Et de leur nid décampées,
Tout au haut d'un vaste espalier,
De bourgeons en bourgeons faisaient déjà voyage,
Côte à côte rampant du matin jusqu'au soir.
Prêtons un peu l'oreille à leur tendre langage.
J'éprouve un doux plaisir à t'entendre, à te voir,
O ma sœur! pour toujours que l'amitié nous lie :
Tout mon bonheur dépend de ce seul sentiment;
Je le partage bien, et te fais le serment,
Ma chère sœur, de vivre et mourir ton amie.

Cependant celle-ci comptait au moins six jours

Plus que l'autre ; elle dit : Il faut faire une pause ;

Un malaise accablant, dont j'ignore la cause,

Vient s'emparer de moi, peut-être pour toujours !...

    Mais sa voix faiblit et se perd ;

Tout son corps se roidit, la chaleur l'abandonne ;

Un fil blanc et soyeux par degrés l'environne :

    Il en est déjà tout couvert.

    A cet aspect, interdite, éperdue,

    Et toute en proie à sa douleur,

    Sa malheureuse et tendre sœur

Dans le tombeau croit qu'elle est descendue.

    Elle allait, depuis ce moment,

    De sa compagne infortunée

    Visiter chaque matinée

    Le funéraire monument.

    Un jour, ô surprise ! ô merveille !

Le tombeau s'ouvre... un bel insecte ailé,

    Vif et léger comme une abeille,

Un papillon auprès d'elle a volé.

    Quoi ! mon amie,

               5.

Je te revois !

Viens, je t'en prie,

Viens à ma voix.

Mais le parjure

De sa parure

Se fait tout fier ;

Soudain dans l'air

Le plaisir guide

Son vol rapide.

A mainte fleur

Notre volage,

Loin de sa sœur,

Va rendre hommage.

Qu'entre vous l'amitié règne, mes chers enfans ;

Ne ressemblez jamais à l'ingrate chenille ;

Et n'importe comment le hasard vous habille,

Conservez-vous toujours les mêmes sentimens.

Le Pélerin et le Mendiant.

FABLE XXV.

A M. BRÈS.

Quoique pieds nus, et couchant sur la dure,
    Disait un pauvre pélerin,
    Je veux poursuivre mon chemin
Sans adresser au ciel ni plainte ni murmure.
En passant sur un pont il vit un mendiant
    Qui sans relâche, et tour à tour priant
    Notre Sauveur et sa mère Marie,
    En montrant sa jambe meurtrie,
Criait : Prenez pitié de ce pauvre affligé;
Vous voyez que le sort ne l'a pas ménagé :
    Dans la plus affreuse bataille
Son pied fut emporté par un coup de mitraille.
Ceci fit répéter au pauvre pélerin :

Je veux poursuivre mon chemin

Sans adresser au ciel ni plainte ni murmure :

On est plus malheureux sans pied que sans chaussure.

LIVRE DEUXIÈME.

LIVRE DEUXIÈME.

La Brebis, le Chien et le Loup.

✻

FABLE PREMIÈRE.

Une douce brebis fut traduite en justice ;
Certain chien envers lui la disant débitrice
D'un pain. Comme témoin maître loup est cité.
Cette brebis, dit-il, a du chien emprunté
Non pas un pain, mais dix ; et certes, je m'engage
A prouver que jamais un seul ne fut rendu.
La sentence est conforme à ce faux témoignage ;
     Et la brebis, bien entendu,
     Sans appel se voit condamnée
A payer audit chien, et ce, dans la journée,
     Ce qu'elle n'avait jamais dû.

A quelques jours de là, s'en allant au pacage,

Elle voit le loup mort sur la terre étendu :

Les dieux, dit-elle, ont pris le soin de ma vengeance,

Et le fourbe a reçu sa juste récompense.

Les Deux Cygnes.

✳

FABLE II.

En région hyperborée,
Deux cygnes se jouaient en paix
A travers les roseaux épais
D'un lac ; mais cette paix fut de courte durée.
Par hasard un chasseur vint là,
Et tant, de l'une à l'autre rive,
Pourchassa l'espèce craintive,
Que vers un autre lac le couple s'envola.
C'était pourtant peine inutile ;
Il n'y fut pas trois jours tranquille
Qu'ailleurs il fallut s'en aller;
Car un autre chasseur vint encor les troubler.
Ils passèrent en Angleterre.
L'homme aussitôt leur fit la guerre.

En France, en Suisse il se trouva;
Même chose en tous lieux aux cygnes arriva.
Retournons en notre patrie,
Dirent enfin nos deux oiseaux;
Voir encor la rive chérie
De notre lac natal, et voguer sur ses eaux
Sera pour nous un bien suprême!
Rien là de plus à redouter
Qu'ici; nous n'en pouvons douter :
Qu'on aille où l'on voudra, partout l'homme est le même.

Le Boiteux et l'Aveugle.

✶

FABLE III.

Pour un boiteux il était agréable
Qu'un aveugle voulût sur son dos le porter ;
L'aveugle, cependant, trouvait insupportable,
      Non le fardeau, mais d'écouter
Ce que notre boiteux avait toujours à dire .
Or il prend un bâton. Nous pouvons nous conduire,
Et sans risque, dit-il, à présent cheminer.
      Un gué profond s'offre sur leur passage ;
      Le boiteux crie à gauche de tourner :
      L'autre va droit, dans le ruisseau s'engage,
Et jusques à la peau le couple fut trempé :
Cependant le voilà du péril échappé.
Plus loin le boiteux dit qu'un ravin les arrête.
Comptant sur son bâton, voulant faire à sa tête,

L'aveugle continue ; et tous deux, de ce pas,
Dans le fond du ravin vont trouver le trépas.

Ce conte prouve, ce me semble,
Que la présomption et la crédulité
Ne peuvent pas aller ensemble,
Sans trouver en chemin quelque calamité.

La Vieille et la Bouteille.

✳

FABLE IV.

Une vieille aperçut une bouteille vide
Qui répandait au loin des restes d'un vin vieux
  Les effluves délicieux ;
La saisissant soudain, d'une narine avide
Elle aspire à longs traits la suave vapeur,
Et dit : Qu'étais-tu donc, ô divine liqueur !
Si tes restes exquis que ce vase recèle
  Ont encor pour moi tant d'attrait !
  C'est qu'une bonne chose plaît,
  Jusqu'à la dernière parcelle.

La Mésange et l'Aigle.

FABLE V.

Sautillant, voletant de buissons en buissons,
Malgré l'hiver, malgré la rigoureuse haleine
De l'aquilon fougueux déchaîné dans la plaine,
La mésange gaîment redisait ses chansons.
    L'oiseau du maître du tonnerre,
    Ne trouvant rien de mieux à faire,
    Jusqu'à la terre descendit,
    Passa près d'elle, et l'entendit.
    Tout en face de la chanteuse
    Voici l'oiseau divin perché.
    Tu me parais bien malheureuse,
    Dit-il, j'en suis vraiment touché.
    Pauvre petite créature !
    Comment peux-tu de la froidure

Supporter ainsi les rigueurs?

Mais comme ton plumage brille,

Paré d'agréables couleurs !

Ma foi, je te trouve gentille;

Du peuple ailé crois-en le roi.

Allons, pose-toi sur mon aile;

Point de retard, décide-toi,

Et gagnons la voûte éternelle.

Viens, je veux montrer à tes yeux

La majesté du dieu des dieux,

Et tout l'éclat qui l'environne;

Nous vivrons au pied de son trône.

La mésange répond : Au céleste séjour

Tu peux retourner seul; je ne puis me contraindre

A quitter mes buissons. Adieu, merci, bonjour.

Plus on s'élève haut, plus la chute est à craindre.

L'Amateur et l'Hirondelle.

※

FABLE VI.

MONSIEUR de Bridoison avait, suivant mon goût,
Dans sa maison des champs mis des cages partout.
Combien? deux cents? trois cents? peut-être davantage:
Pour tout dire, en un mot, c'était cage sur cage.
Là vivaient rassemblés chardonnerets, moineaux,
Perroquets, merles, geais, agaces, étourneaux;
De leurs cris, de leurs chants l'assourdissant mélange
Déchirait le tympan d'une façon étrange :
  Aussi chacun fuyait ce bacchanal,
  Digne en tout point du séjour infernal.
   Mais cette cacophonie
A monsieur Bridoison donnait plus de plaisir
   Que la savante harmonie
Du plus bel opéra : c'était tout son désir.

Notre homme cependant n'avait point d'hirondelle ;

Il en séchait d'ennui. L'épervier, certain soir,

Par l'air en poursuit une ; elle entre en son manoir ;

Notre homme la saisit. Que tu me parais belle !

  Lui dit-il ; je peux, dieu merci,

  Te loger dignement ici :

Or çà, dépêchons-nous, entre dans cette cage ;

Que j'entende à loisir ton joli babillage.

  Mais, dis-moi, quel esprit mutin

Te fait mouvoir ? veux-tu te rompre la cervelle ?

  Calme-toi donc, petit lutin.

Ne trouverais-tu pas ta demeure assez belle ?

Eh bien, tu vas quitter cette cage de fer

Pour ces barreaux dorés : allons, petite folle,

Ta porte s'ouvre, viens. Mais, prompt comme l'éclair,

Au nez de l'amateur notre oisillon s'envole,

Et nous prouve, en dépit de monsieur Bridoison,

  Qu'il n'est point de belle prison.

L'Eléphant et l'Oiseau de Paradis.*

FABLE VII.

VOYAGEANT en Asie, un éléphant jadis
Vit un oiseau qui dit : Puisque la circonstance
Me fait trouver ici, jouis de ma présence,
Et contemple à ton gré l'oiseau de paradis.

* L'oiseau de paradis, *après le phénix*, est peut-être celui qui a donné lieu aux contes les plus absurdes ; c'est ainsi que l'on a débité et cru, pendant long-temps, qu'il n'avait point de pieds ; que la rosée était son unique aliment ; qu'il volait sans cesse, même en dormant, etc. Ce bel oiseau est surtout remarquable par le volume et la singularité de sa fausse queue, formée, de chaque côté, par quarante ou cinquante plumes *subalaires* à bandes effilées et séparées, et dont les entrelacemens divers forment un tissu à larges mailles, et pour ainsi dire transparent ; par les deux longs filets qui naissent au dessus de la queue véritable, et enfin par les diverses couleurs qui embellissent les plumes de sa tête, de sa gorge, de sa poitrine et de son dos, couleurs qui sont changeantes et donnent des reflets aussi variés que les différentes incidences de la lumière. *Voyez* Guéneau de Montbeillard, *Histoire naturelle des Oiseaux*.

Avant de m'avoir vu, par ce beau nom, peut-être,

Tu crus te figurer la splendeur de mon être?

A présent que tu peux en juger par tes yeux,

Reconnais, aux couleurs que tout mon corps étale,

Que nul oiseau sous les cieux

En parure ne m'égale.

On parle tant du paon! eh bien!

Si tu l'as vu, tu conviendras, je gage,

Que c'est en vain qu'on vante son plumage,

En tout mesquin auprès du mien.

Lassé de tant de jactance,

Ainsi parla l'éléphant :

Pour le sage, mon enfant,

Et le nom et l'habit sont de peu d'importance.

Le Héron et la Loutre.

*

FABLE VIII.

Durant les forts hivers, est-il dans la nature
De plus souffrant individu
Que le héron? De froid tout morfondu,
Souvent trois jours entiers il manque de pâture.
Dans une eau de fontaine, un jour que cet oiseau
De ses longs pieds et sonde et fouille,
Pour trouver dans la vase écrevisse ou grenouille,
Sans sortir de son antre, alongeant le museau,
Une loutre lui dit : Ah, pauvre misérable !
Que tu me fais de peine à voir !
(Dame loutre avait là, point notable en ma fable,
De maint et maint poisson plus d'un bon réservoir.)
Le héron répondit : Cesse envers moi de feindre ;

De poissons, je le sais, on te voit regorger:
Pourtant, vil animal! tu ne fais que me plaindre,
   Quand tu pourrais me soulager.

Le Chasseur et le Chien.

※

FABLE IX.

PLEIN de courage, un chien servit long-temps son maitre

Contre les hôtes de nos bois ;

Mais le destin lui fit connaître

Que tout est soumis à ses lois :

Le pauvre chien des ans a ressenti l'outrage.

Un loup vient-il s'offrir sur son passage,

Il le saisit encor ; mais bientôt aux abois,

Hélas ! la proie échappe à sa dent émoussée.

Son maître le gourmande ; à sa voix courroucée,

Notre vieux chien répond d'un air triste et confus :

La force m'abandonne et non pas le courage ;

Tu ne devrais donc pas me blâmer, à mon âge,

De n'être plus ce que je fus.

Les Ruisseaux et la Rivière.

FABLE X.

MAINTS petits ruisseaux, dans leur cours,
Après mille et mille détours,
Avec un doux murmure allaient verser leur onde
Dans certaine rivière et rapide et profonde,
Qui, toujours en grondant précipitant ses flots,
Pleine d'un fol orgueil, leur adressait ces mots :
Le sort vous fit jaillir de bien chétive source,
Puisqu'ici vous trouvez le but de votre course.
Je vous permets pourtant de vous perdre en mes eaux ;
Tel est mon bon plaisir : soyez mes tributaires.
Tais-toi, répondent-ils ; sans nous, petits ruisseaux,
Il n'est point de grandes rivières.

Vous qui semblez placer votre souverain bien

    Dans une fragile couronne,

D'où vient votre grandeur? dites, qui vous la donne?

Rois, ce sont vos sujets; sans eux vous n'êtes rien.

L'Abeille et l'Araignée.

✵

FABLE XI.

FABLE XI.

Une abeille avait fait un assez long voyage ;
Elle apportait des fleurs le tribut précieux :
Dans les rets d'Arachné la pauvrette s'engage.
    A l'instant l'insecte odieux
La voit, accourt, et, plein de son horrible joie,
    S'en va pour dévorer sa proie.
Mais voilà que soudain, affrontant son malheur,
L'abeille le repousse, et dans cette journée
    Lui prouve bien ce que peut la valeur.
    Dame Arachné, fort étonnée,
    Au même instant change d'humeur ;
    Puis elle dit à sa captive :
Je te sais courageuse, industrieuse, active ;
    Et je jure sur mon honneur

De te donner la liberté, la vie;

  Si tu veux faire le serment

De me livrer, au gré de mon envie,

Dix de tes sœurs : accepte, ou meurs en ce moment.

Sans répondre un seul mot, l'insecte ailé s'élance

   Avec intrépidité.

   Avec rage et cruauté

Arachné vient aussi : le combat recommence.

  L'une met en jeu tout son art :

Ou plie ou tend ses bras pour saisir sa victime ;

L'autre à coups redoublés va frappant de son dard,

  Qu'un juste courroux envenime.

 En ce moment, ô coup heureux du sort!

  Plusieurs abeilles en campagne

 Passent par là, délivrent leur compagne,

  Et frappent du coup de la mort

  Cette Arachné si criminelle.

  A la république fidèle,

  Notre abeille fait à ses sœurs

  Le récit de son aventure ;

Elle achève en ces mots : Voici de mes malheurs

La principale conjoncture :

Pour racheter mes jours, il fallait vous trahir ;

Eh bien, pour vous j'allais mourir !

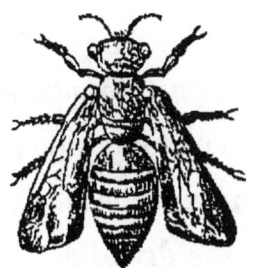

Le Père Avare
et le Fils Prodigue.

✳

FABLE XII.

Maigri par l'avarice, un septuagénaire
De son fils déplorait la prodigalité ;
Ce dernier, jeune encor, reprochait à son père
De faire d'un métal une divinité.
Mais tous deux vont leur train : plus le vieillard amasse,
De prodiguer ses biens moins le jeune se lasse.

    Enfin de leur contraire excès

    Ils connurent l'extravagance ;

Chacun mourut de faim, bien digne récompense !
Le fils dépensait trop, le père pas assez.

La Cygogne et l'Autour.

☼

FABLE XIII.

Une cigogne apportait la pâture
A ses petits; elle vit un autour
Qui comptait bien en faire sa capture :
Il fond sur eux; la cigogne, à son tour,
Sur lui s'élance, et le combat s'engage.
Jamais tant de fureur, jamais tant de courage
Ne s'étaient vus entre deux combattans;
Coups d'aile et coups de bec marquaient tous les instans.
Cependant l'autour cède : un arbre faisait face
Au nid de la cigogne; il s'y perche, et soudain,
Cachant tout son dépit sous un air de dédain,
C'est ainsi que parla cette bête rapace :
Au lieu de t'exposer à ce cruel danger,

N'aurais-tu pas mieux fait de me laisser manger
     Un de tes fils? allons, dis, ma commère?
La cigogne répond : Vil brigand! ne crois pas
Qu'on puisse jamais être assez coupable mère :
Te livrer mes enfans! mieux cent fois le trépas.

Le Papillon et le Frelon.

✵

FABLE XIV.

Au sein des fleurs qui peuplaient la prairie,
A folâtrer passant toute sa vie,
Et n'écoutant que d'innocens désirs,
Un papillon promenait ses plaisirs.
Son plus doux soin était celui de plaire;
Mais il n'aimait que pour un seul instant;
Et des amours du petit inconstant,
A son tour, chaque fleur devenait tributaire.
A l'humble violette il s'adressait un jour,
Lorsqu'un lâche frelon, venant du voisinage,
Se pose près de lui; mais, redoutant sa rage,
Le papillon plus loin s'en va faire sa cour.
Au même instant l'insecte parasite
Vole après lui. Qu'est-ce donc qui t'irrite?

Contre moi quelle cause excite ta fureur?

T'ai-je fait quelque mal? Mais non, ta seule envie

Est de troubler ma paix et mon bonheur.

Lors le frelon, plein de furie,

Ne répondit qu'avec son aiguillon,

Dont il blessa le pauvre papillon;

Mais le coup qu'il frappa lui fit perdre la vie.

Ah! pourquoi, parmi nous, maint ignoble frelon

Peut-il, versant à tant la page

Tout le venin que distilla sa rage,

Donner impunément tant de coups d'aiguillon?

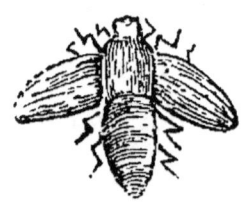

La Philosophie,
la Science et la Pauvreté.

✱

FABLE XV.

La Philosophie en voyage,
Fuyant le chaume du village,
Des palais fuyant les lambris,
Arrive au cinquième étage
De certain logis de Paris,
Précisément où la Science
        Et la Pauvreté,
        De société,
Avaient fixé leur résidence.
Pan, pan; venez m'ouvrir; veuillez me recevoir.
Mais qui? C'est moi. Qui, vous? Votre meilleure amie.
Avant tout, votre nom? c'est la Philosophie.

8

Bon! nous ouvrons...entrez...Quel plaisir de vous voir!

Venez nous consoler : la gloire et la fortune

D'ici semblent vouloir ne jamais s'approcher.

La déesse est aveugle ; en vain on l'importune,

Dit la Philosophie, elle va se nicher

      Chez l'Ignorance et la Sottise :

      Souvent même elle favorise

      Le crime en ses plus noirs projets ;

      Chez la Vertu, chez la Science,

      On ne la voit presque jamais.

      Consolez-vous de son absence.

On peut par son génie, on peut par ses hauts faits

Mériter une place au temple de mémoire.

Mais de Caton, d'Homère, ignorez-vous l'histoire?

Soumis toute leur vie à la haine du sort,

Homère meurt de faim, l'autre court à la mort

Avant d'avoir goûté les doux fruits de la gloire.

Sur la mer de la vie en vain je cherche un port.

Je résolus jadis d'habiter le village ;

Mais de l'homme des champs l'ignorance, l'erreur,

Les préjugés grossiers sont encor le partage ;

Ils voulaient m'attaquer : je n'étais pas d'humeur

A soutenir l'assaut. J'ai fait un autre thème,

Et me suis, sans tarder, présentée à la cour;

Mais une basse intrigue, une arrogance extrême,

Les vices, ternissant l'éclat du diadème,

Des flatteurs et des rois m'ont fait fuir le séjour.

Je viens vivre avec vous. Ainsi puisque ce jour,

   Mes sœurs, en ce lieu nous rassemble,

   De nous quitter nous aurions tort;

   Nous résisterons mieux ensemble

Aux coups de la fortune, aux caprices du sort.

Le Lion devenu Roi.

FABLE XVI.

CERTAIN lion, non pas celui de Rome,
Ce lion reconnaissant;
Mais bien Griffard-le-Grand, s'il faut qu'on vous le nomme,
Était un roi tout-puissant.
Au plaisir de la chasse un jour qu'il s'abandonne,
Qu'il parcourt à son gré les vallons et les bois,
Un caillou blesse au pied son auguste personne;
(Un rien souvent met un prince aux abois.)
Sur un brancard il faut porter le sire;
On arrive; il est mis sur son lit de repos;
On s'empresse, on le soigne, on le panse à propos;
A le voir, on dirait qu'il souffre le martyre.
Cependant il guérit; mais il est tout honteux
De boiter quelque peu. Pour montrer sa puissance,

Il se rend au sénat, et, par une ordonnance,

Décide qu'à sa cour chacun sera boiteux.

Arrivé depuis peu, d'une allure pareille

Un singe était surpris; on lui dit à l'oreille :

      La chose aisément se conçoit;

Quand le monarque boite, on ne peut marcher droit.

Le Chien de l'Hospice
et le jeune Enfant.

✷

FABLE XVII.

Il est un mont fameux, de frimas couronné,
Où l'hiver asseyant son éternel empire,
Sans cesse fait la guerre à tout ce qui respire;
Où le rude aquilon, sans cesse déchaîné,
Soufflant avec fureur tout autour de sa cime,
De la neige glacée ébranle les amas,
Les fait tomber en bloc, et d'abîme en abîme,
Projette l'avalanche avec un long fracas.
Le père des saisons, poursuivant sa carrière,
Vainement sur ce mont, de son char radieux,
Lance ses traits: l'Hiver oppose la barrière
De ses vastes glaçons, tout brillans de lumière,

Mais qu'il ne peut jamais pénétrer de ses feux.

Que jamais en ces lieux nul mortel ne s'arrête ;

Que l'effroi du danger précipite ses pas ;

Il marche environné de perfides frimas :

La mort est sous ses pieds, la mort est sur sa tête.

  Là, des sapins, des mélèses épars,

  Tristes enfans d'une stérile terre,

Quelques aigles, bravant cette froide atmosphère,

Du passant contristé frappent seuls les regards.

C'est là, c'est sur ce mont que, sentant en son ame

De l'amour du prochain brûler la douce flamme,

Saint-Bernard, emporté d'un élan généreux,

Établit un asile ouvert aux malheureux.

C'est là, depuis ce temps, pour secourir leurs frères,

Qu'imitant ses vertus, prisonniers volontaires,

Des hommes, dans les jours du passant redoutés,

Quand la brume ou la neige ôte au ciel ses clartés,

Ou bien quand par degrés le jour fait place à l'ombre,

Explorent les chemins pour diriger les pas

Du pauvre voyageur que maint et maint encombre

Menace à chaque instant du plus affreux trépas.

Mais, du génie humain précieuses ressources !

Des chiens dressés par eux les suivent dans leurs courses,

Partagent leurs dangers, secondent leurs travaux ;

Souvent même on a vu ces savans animaux

Retenir un passant au bord du précipice.

Du mont Saint-Bernard donc, sorti seul de l'hospice,

Un de ses chiens suivait les sentiers périlleux ;

Déployant en tout lieu sa rare intelligence,

Il promenait partout des regards curieux.

Un objet éloigné s'est offert à ses yeux.

  A cet aspect promptement il s'avance.

  Qu'aperçoit-il ? ô ciel ! un jeune enfant

Dormant paisiblement sous une affreuse voûte

De neige et de glaçons. En cet endroit, sans doute,

La terrible avalanche a, dit-il, en tombant,

Dans l'abîme emporté ta malheureuse mère.

  Pauvre petit infortuné !

Tu me remplis le cœur d'une douleur amère ;

Mais puisqu'à te sauver le ciel m'a destiné,

Empressons-nous. Il dit ; près de lui fait entendre

  Un salutaire jappement,

L'agite par son vêtement.

L'enfant s'éveille, a peur; mais de l'air le plus tendre

Sur lui fixant les yeux, le chien parle en ces mots:

Mon aspect t'a surpris, que ma voix te rassure;

     Je t'engage, je te conjure,

Sans tarder un instant, de monter sur mon dos.

     De l'enfant la crainte se passe;

     Enfin le chien si bien parla,

Que sur sa molle échine enfourché le voilà;

De ses petites mains doucement il embrasse

Le col de son coursier, qui, plein d'agilité

Et fier de son fardeau, remonte vers l'hospice.

Par ce bon animal se sentant emporté,

Le jeune écuyer dit : D'un aussi grand service,

     De tant de peine et de bonté

     Quelle sera la récompense?

Quel terme donnerai-je à ma reconnaissance?

Je ne suis qu'un enfant; hélas! je ne puis rien;

     Mais un jour, crois-moi, je l'espère... —

Laisse-là ce souci; le plaisir de bien faire

Doit suffire aux bons cœurs, lui répondit le chien.

Il ajouta ces mots : Seulement, lorsque l'âge
Aura multiplié le nombre de tes ans,
Songe à moi quelquefois ; n'imite point ces gens
Que l'on voit prodiguer et les coups et l'outrage
        A d'infortunés animaux,
Les compagnons de l'homme, à ses ordres fidèles,
        De ses maisons, de ses troupeaux
        Incorruptibles sentinelles,
        Qui, partageant ses plaisirs et ses maux,
Qui, bravant pour l'ingrat une main ennemie,
        Et relevant son courage abattu,
Quand un fer assassin vient menacer sa vie,
Lui donnent si souvent des leçons de vertu.

Le Grillon.

✳

FABLE XVIII.

Les grillons viennent habiter
Les réduits de ma cheminée ;
De l'un d'eux je vais raconter
Comment finit la destinée.
Plein de joie, il disait un soir :
Dieu merci, ma fortune est faite ;
Or, mes amis, venez me voir ;
Je possède à présent la plus belle retraite.
Ma foi, ce vieux grillon fit bien de trépasser
Pour me la laisser.
Voyez comme elle se divise
En bon nombre d'appartemens ;
J'y veux vivre tout à ma guise,

Et je pourrai sans peine y loger mes enfans.

    Je ne craindrai plus la détresse ;

J'aurai toujours ici de quoi bien me nourrir.

Oui, le ciel me présage un heureux avenir.

Que de jours de bonheur ! que de jours d'alégresse !

En achevant ces mots il quitte son réduit ;

    Il croit pouvoir trotter sans crainte ;

Mais un jeune matou l'aperçoit, le poursuit :

De sa patte déjà grillon ressent l'atteinte.

    Grillon se meurt, grillon est mort.

    Voilà pourtant les coups du sort ;

      Voilà l'étrange folie

      De trop compter sur la vie.

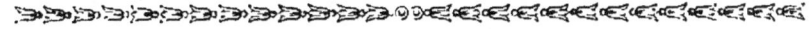

Le Mulot et la Taupe.

✳

FABLE XIX.

Dans leur demeure souterraine,
Le mulot et la taupe étaient proches voisins :
C'était là que chacun faisait ses magasins.
Que ma maison toujours de mes amis soit pleine,
Disait seigneur mulot ; je veux mener grand train :
Point de dîner chez moi sans y faire bombance.
Or, tout se dévorait, et les fruits et le grain.
La taupe vivait bien, mais sans trop de dépense.
De leur conduite enfin voici le résultat :
Le mulot mangea tout ; de la taupe, au contraire,
Les affaires étaient dans le meilleur état.
Un soir que le mulot déplorait sa misère,
Et s'écriait : Ah ! quelle maigre chère !

9

Je n'ai pour mon souper que le quart d'une noix.

La taupe alors fit entendre sa voix,

Et dit : Je savais bien qu'il faudrait en rabattre ;

Si dans maints dîners copieux

Tu n'avais pas mangé pour quatre,

A présent, mon ami, tu pourrais souper mieux.

Le Rossignol et le Serpent.*

✳

FABLE XX.

Un jeune rossignol chantait sous le feuillage :

    Certain serpent, et des plus fins matois,

    Qui près de lui rôdait en tapinois,

Le voit, et par ces mots interrompt son ramage :

Jamais, foi de serpent, jamais, sur mon honneur,

(Je crois être pourtant le plus vieux du bocage)

Je n'entendis la voix d'un chantre si flatteur :

    Je viens aussi te rendre hommage.

L'oiseau, plein de fierté, chante avec plus d'ardeur.

Serpent de répéter : Jamais, sur mon honneur,

(Je crois être pourtant le plus vieux du bocage)

---

* Cette fable, qui a quelques traits de ressemblance avec celle de
M. Gosse, intitulée *le Rossignol et le Renard*, a été faite plusieurs années avant que je n'eusse lu le recueil de ce fabuliste.

Je n'entendis la voix d'un chantre si flatteur.

   Mais, mon enfant, approche davantage;

   Je t'entends bien, mais je ne te vois pas :

Mes yeux sont affaiblis par ma grande vieillesse;

Approche, donne-moi ce signe de tendresse;

Ton plus sincère ami veut, avant son trépas,

Pouvoir te contempler; viens donc pour lui complaire.

L'orgueil le rend docile à la voix du serpent,

Qui siffle, fond sur lui, l'atteint, et sous sa dent

    L'emporte au fond de son repaire.

Jeunes gens qui croyez avoir, par vos talens,

   Des titres à la renommée,

Redoutez parmi vous beaucoup d'hommes-serpens

   A la louange envenimée.

La Souris et le Chat.

✻

FABLE XXI.

UNE souris mange un livre,
Et croit que tout l'esprit en sa tête est logé;
Elle dit : Par mon art qu'on apprenne à mieux vivre;
Guerre ouverte à l'erreur, au vice, au préjugé!
Mes sœurs, écoutez donc : Vous n'avez qu'à me suivre,
Le naturel du chat par moi sera changé;
Il verra jusqu'où va ma puissante éloquence.
        A l'instant Rodillard s'avance;
        Et le matou, quoiqu'affamé,
Paraît très attentif au discours entamé.
La voix de la souris n'eut jamais tant de charmes.
Le bon apôtre aussi feint de verser des larmes.
A son air de douceur et de compassion,
La souris compte bien sur sa conversion.

De plus en plus s'accroît sa magique éloquence ;
Chacun paraît ému jusques au fond du cœur.
Mais, pressé par la faim, Rodillard, qui s'élance,
Au plus beau du discours emporte l'orateur.

Le Jeune Cheval et le Vieux.

✳

FABLE XXII.

CHEZ certain fameux maquignon,
Un jeune cheval vit que son vieux compagnon
Portait superbe selle avec bride dorée.
Pourquoi n'aurais-je pas la tête ainsi parée?
Lui dit-il; et sais-tu, réponds de bonne foi,
Le jour où je dois être équipé comme toi?
　　Trop tôt, répondit son confrère,
　　Tu verras combler tes désirs;
　Mais tu n'auras que souffrance et misère,
　Où tu ne vois aujourd'hui que plaisirs.
　　Bride d'or n'est jamais légère.
En effet, aussitôt qu'il eut fini ces mots,
On arrive au cadet; on le selle, on le bride,
Et déjà maquignon enfourché sur son dos,

Bon gré, mal gré, le mène, et le tient, et le guide.
Dès lors, quand il fallut qu'il rongeât rude mors,
Par sangle et cavalier qu'il se sentît étreindre,
Le bidet de ses vœux éprouva des remords;
Même toute la nuit il ne fit que se plaindre;
Ce qui fit dire au vieux : Souffre, tu le voulus :
Le mal fait, les regrets deviennent superflus.

Le Hobereau
et les Petits Oiseaux.

*

FABLE XXIII.

Messire hobereau, non pas de cette race
Qui se nichait jadis en de gothiques tours,
Et pour le laboureur fut race de vautours ;
N'en parlons plus, la France a pris une autre face :
 C'est d'un oiseau, tyran des airs,
 Que je veux parler en mes vers ;
 Oiseau connu de tout le monde :
 Plus de cent toises à la ronde,
 Quand il planait au-dessus des sillons,
 Il faisait fuir les pauvres oisillons.
Ils fuyaient, mais en vain ; sous sa serre cruelle
 Chaque jour victime nouvelle.

Sans fin par ce brigand nous verrons-nous croquer ?

Dit l'un d'entr'eux ; non, non, pour sauver notre vie,

Frappons tous à la fois cette bête ennemie...

Le hobereau fend l'air : il veut les attaquer ;

Mais, à grands coups de bec, on lui fait résistance.

Redoutez, leur dit-il, le jour de ma vengeance ;

Il n'est pas éloigné : n'importe en quel endroit...

L'oisillon l'interrompt : La paix, ou point de grâce.

Pour toi, nous le savons, la force fait le droit ;

Mais nous sommes unis, et bravons ta menace.

La Santé et le Voyageur.

✳

FABLE XXIV.

CERTAIN homme venait de quitter son village,
Et, grand train, de Paris il suivait le chemin :
La Santé ce jour-là faisait aussi voyage ;
Elle avait endossé l'habit de pélerin.
Elle était en avant ; mais elle allait moins vite :
Le voyageur l'atteint ; il va la dépasser.
La déesse lui dit : Confrère, je t'invite
A ralentir ta fougue, à ne pas te lasser
Ainsi dès le départ. Allons de compagnie ;
De marcher toujours seul un voyageur s'ennuie.
C'est en vain qu'elle parle ; il ne l'écoute pas :
Même de plus en plus il allonge le pas.
La déesse ajouta : Tu m'attendras, j'en jure ;

Je veux, avant la nuit, te voir changer d'allure.

En effet, par degrés sa force s'épuisait,

Lorsque de la Santé la marche était égale.

A chaque pas aussi que notre homme faisait,

Entr'eux, dès ce moment, décroissait l'intervalle.

Il veut toujours aller, quoiqu'il n'en puisse plus;

Cependant ils ne sont qu'à dix pas de distance.

Suspends, dit la Santé, des efforts superflus.

Elle dit, et soudain à son tour le devance.

Attends, s'écria-t-il, je reconnais mon tort;

     Écoute-moi, je t'en supplie.

La déesse poursuit. Prends pitié de mon sort,

     Le repentir suit ma folie;

Me laisseras-tu seul ici passer la nuit?

Je t'en conjure, attends; mais la Santé s'enfuit.

La Sauterelle.

✻

FABLE XXV.

Le villageois, poursuivant ses travaux,
Faisait tomber sous le fer de sa faux

L'herbe fleurie

De la prairie.

Zéphyr gémit,

L'abeille fuit,

La sauterelle,

Jouant de l'aile

Et du jarret,

Part comme un trait.

Que dira Flore?

Le papillon,

Son postillon,

Vient et déplore

De ses sujets

La destinée ;

Mais, vains regrets !

L'heure est sonnée ;

Et, dans son cours,

Fuyant toujours,

Le Temps qui passe,

Vieux et jaloux ,

Laisse la trace

De son courroux.

Mais oublions et Flore et son empire ;

Le papillon, l'abeille et le zéphyre ;

Ne parlons plus des injures du temps,

Et revenons à notre sauterelle ;

Nous lui devons encor quelques instans.

Or donc, amis, la dame ou demoiselle...

(Pourquoi, dit-on, ne pas fixer ce point?)

Eh bien ! voilà la dame au vert pourpoint,

Par sauts, par bonds, faisant gaîment voyage,

Qui d'un ruisseau gagne enfin le rivage.

Sans mesurer la largeur du courant,

A le franchir l'insecte ailé s'apprête ;

Certain grillon lui dit : Ma sœur, arrête :

Tu veux sauter? bien ! mais auparavant...

A peine a-t-il fini cette parole,

Qu'au sein de l'eau s'en va choir notre folle.

Quoi qu'il en soit, à force de nager,

Et grâce encore au grillon débonnaire,

Qui voulut bien la secourir en frère,

La sauterelle échappa du danger.

Lorsqu'en tyran l'amour-propre nous guide,

Minerve en vain nous prête son égide.

LIVRE TROISIÈME.

10.

LIVRE TROISIÈME.

L'Aigle et les Faucons.

✳

FABLE PREMIÈRE.

Sur le sommet d'un roc inaccessible,
De Jupiter l'aigle fier et terrible
De mille et mille oiseaux était jadis le roi,
Et de force ou de gré tout vivait sous sa loi ;
Car il s'environnait d'un appareil horrible.
On voyait près de lui les ducs et les vautours,
    Tous messieurs aux serres cruelles,
Et des ordres royaux les ministres fidèles.
Les buses, les milans, les corbeaux, les autours,

Du souverain formaient la garde;

L'agace, dame babillarde,

Avec le sansonnet, au gré de ses désirs,

Par maint et maint caquet occupait ses loisirs;

C'était là tout leur ministère.

Cet aigle avait aussi courtisans et flatteurs;

On sait que chez les rois ces gens ne manquent guère.

Qu'était-ce après? c'était la masse populaire,

Autrement les petits, très humbles serviteurs.

Il exerçait sur eux le plus cruel empire;

Il avait le nom d'aigle, et l'instinct de vampire;

Du peuple incessamment il outrageait les droits,

Et transgressait les saintes lois :

Elles le condamnaient, eût-il voulu les suivre?

Des faucons cependant indignés, las de vivre

Sous la loi de cet aigle-là,

De cet oiseau Caligula,

Jurèrent d'arrêter le cours de tant de crimes,

Et de venger le sang des nombreuses victimes

Qu'il avait fait périr sans besoin, sans raison.

De leurs desseins bientôt il reçoit la nouvelle;

Il fait doubler partout et garde et sentinelle.

Je saurai bien, dit-il, punir la trahison

De ces faucons; il faut qu'on aille à leur demeure,

Qu'on s'empare du chef, et qu'à l'instant il meure.

Vous ignorez encor jusqu'où va mon pouvoir.

Ah, messieurs les faucons, je vous le ferai voir!

    L'aigle pourtant eut beau faire, eut beau dire,

Malgré milans, vautours, agace et sansonnet,

    Maîtres faucons étranglèrent le sire

        Tout net.

    Puisse ma fable apprendre aux rois

    A gouverner selon les lois,

    Qu'eux-mêmes ne sauraient enfreindre

    Sans avoir leurs faucons à craindre!

Le Voleur, le Chien et son Maître.

☼

FABLE II.

Salut, dit un voleur, profonde obscurité!
Je puis faire mon coup avec sécurité;
Car, dans la ville,
Tout est tranquille,
Et l'horloge a sonné minuit.
Il dit, chemine à petit bruit;
Il grimpe sur un mur : voyez-le se suspendre
Du côté d'une cour; il est près d'y descendre;
Mais un chien fidèle,
Faisant sentinelle,
L'entend, accourt, et se met à japper.
Notre voleur est prompt à regrimper.
Vainement ce nouveau Cartouche

Adoucit, contrefait sa voix :

Viens, mon toutou. Rien ne le touche :

Ses jappemens redoublent cette fois.

On lui jette du pain ; infructueuse peine !

En vrai Cerbère il se démène ;

Pour le voleur point de répit ;

Si bien qu'enfin il déguerpit.

Mais voyons ce qu'au chien gardait la destinée.

Du lever du bourgeois déjà l'heure est sonnée ;

Il vient, siffle Pluton : va-t-il le caresser ?

Non pas, il l'appelait exprès pour le rosser.

Durant toute la nuit japper à tête fendre ,

Et troubler mon sommeil ! cela vaut du bâton.

Hélas ! si j'aboyais, dit le pauvre Pluton ,

C'était pour te défendre.

L'Aigle et l'Escargot.

✳

FABLE III.

Prenant un jour congé du plus puissant des dieux,
    Et s'élançant de la voûte des cieux,
    L'aigle, d'un vol plein de force et d'audace,
De l'Olympe à la terre avait franchi l'espace.
Un chêne le reçoit; sur ses rameaux épars
Le voyageur ailé promène ses regards.
    Qu'aperçoit-il à travers le feuillage?
    Un escargot : le plaisant personnage !
Je ne m'attendais pas à le rencontrer là,
Dit-il; mais parlons-lui. Camarade, holà !
A ma voix, s'il te plaît, prête un moment l'oreille.
Un escargot si haut me semble une merveille.

Que diable viens-tu faire ici?

Crois-moi, tu n'es pas à ta place.

Qu'importe? répond l'autre! après tout, m'y voici.

Pour le punir de tant d'audace,

L'aigle, d'un coup de bec le faisant décamper,

Sur la terre aussitôt-le renvoya ramper.

Le Torrent et la Rivière.

✳

FABLE IV.

A MON AMI LÉONARD.

Un torrent s'est formé de la neige des monts ;
Il roule avec fracas ses bouillonnantes ondes,
Et, courant à travers les campagnes fécondes,
De l'habitant des champs ravage les moissons ;
L'effroi le suit partout. D'un tel bruit toute fière,
Sa naïade insultait celle d'une rivière,

  Qui, sans répondre à ses propos,
Promenait à pleins bords de majestueux flots.
Mais la neige n'est plus. Ce torrent qui naguère
Faisait tant de fracas, décroissant tous les jours,

  A la fin, ruisseau misérable,

  Luttant contre des bancs de sable,
Tombe dans la rivière, et s'y perd pour toujours.

Toi, dont cette rivière est la fidèle image,

    Et qui laisses, comme ses eaux,

    Couler sans bruit tes jours égaux,

    Léonard, contemple en vrai sage

Ce superbe mortel qui croit tout affronter;

C'est à pas de géant qu'il poursuit sa carrière,

    N'imaginant point de barrière

    Qui jamais le puisse arrêter.

Mais sa grandeur n'avait qu'une faible origine;

Déjà nous le voyons toucher à sa ruine;

Et peut-être demain l'homme aujourd'hui si fier

Rampera sous celui qu'il insultait hier.

Le petit Chien
aboyant contre les gros.

✳

FABLE V.

Souvent au Luxembourg je vois certain bichon,
Cher bijou d'une vieille, et vrai chien de manchon,
Qui contre les mâtins sans cesse se démène
　　　　Comme un petit énergumène,
　　　　Et, pire cent fois qu'un basset,
Afflige le tympan de son aigre fausset;
Même j'ai vu parfois ce bichon téméraire
Aux dogues redoutés oser livrer la guerre.
　　　Qu'arrive-t-il alors? presque tous,
N'apercevant en lui qu'une pauvre pécore,
　　　Et méprisant son vain courroux,
　　　Sont bien loin quoiqu'il jappe encore.

Mais quelque dogue plus ardent,
A notre bichon fait-il face?
Lui montre-t-il un peu la dent?
    Et vite, et vite,
    Il prend la fuite.

Vous avez, dit quelqu'un, fait un conte; c'est bien ;
Mais, s'il vous plaît, qu'y vois-je? un pauvre petit chien
En vain contre les gros jappant à toute outrance.
    Moi, de beaucoup d'hommes j'y vois
La débile raison, qui n'élève la voix
Que quand leurs passions restent dans le silence.

Le Rat et le Chat.

✳

FABLE VI.

Dans certaine petite église
Que j'ai vue autrefois, je ne sais en quel lieu,
    Où quelques neveux de Moïse
Chaque dimanche allaient rendre hommage à leur dieu,
    Quoique déjà le temps l'eût mise
    Dans le plus piteux des états ;
Car les oiseaux de nuit, les souris et les rats
La disputaient aux saints ; souvent même la bise,
Entrant insolemment par les trous des vitraux,
Du roi Nazaréen éteignait les chandelles,
Et par ici, par là, le défaut de carreaux
Y faisait trébucher les ouailles fidèles.
Dans cette église donc (le fait est curieux),

S'asseyant sur l'autel, un rat après la messe,

      Dans son ineffable liesse,

A ses frères et sœurs criait tout glorieux :

Venez me contempler, partagez mon ivresse ;

Du fond de l'encensoir la suave vapeur

S'élève ici pour moi. Ainsi donc, lorsqu'il hume

Du parfum mal éteint quelque reste qui fume,

Un de ces gros matous, favori du pasteur,

Qui se tenait tapis près de là dans un angle,

D'un bond arrive à lui, le saisit et l'étrangle.

        Voilà fort souvent,

        Cerveaux pleins de vent,

      Gens affamés de renommée,

Ce qu'on gagne à vouloir se nourrir de fumée.

Télémaque et Cerbère.

✳

FABLE VII.

MINERVE, grâce à ta présence,
Éludant du destin la suprême puissance,
Télémaque jadis, dans la barque à Caron,
Traversa le noir Achéron.
Mais ce n'était pas tout. Voici l'affreux Cerbère,
De son triple gosier exhalant sa colère,

Qui de terreur

Glaça son cœur;

Tout le Tartare

Au loin redit

Le tintamare

Du chien maudit.
Cependant, prémuni d'un gâteau narcotique

Tout semblable à celui que la Sibylle antique
Autrefois composa pour le héros troyen,
Le prince, par degrés rappelant son courage,
Jette au formidable gardien
Cet infaillible appât. Bientôt le triple chien
Sent malgré lui mourir sa rage ;
Sous le poids du sommeil succombant à la fin,
Comme une lourde masse il tombe en sa caverne.
Franchissant aussitôt la porte de l'Averne,
Le prince poursuit son chemin.

Que de gens parmi nous ressemblent à Cerbère !
Jetez-leur un gâteau, soudain ils vont se taire.

Le Pinson et le Rossignol.

✳

FABLE VIII.

Un vieux pinson,
Dès les premiers beaux jours, répétant sa chanson,
Disait au rouge-gorge, au merle, à la linotte :
Je suis maître de chant ; prenez une leçon :
Voici comme on débute ; entendez-vous ce son ?

      Prenez bien garde à cette note ;
      Faites ici trois tons égaux,
Et bientôt dans nos bois vous serez sans rivaux.

      Caché sous le prochain feuillage,
Et fatigué d'entendre un semblable langage,
Un jeune rossignol près du pinson vola ;
      Voici comment il lui parla :
Ton ramage, il est vrai, n'est pas sans harmonie ;
Mais du grave à l'aigu tu passes tout d'un trait ;

Et de là tes accens perdent beaucoup d'attrait ;

    Quelque peu de monotonie

Leur nuit également... C'est assez : halte là !

S'écria le pinson ; par ma foi, j'aurais honte

      De tenir compte

Des avis d'un blanc-bec. Il dit, et s'en alla.

Ceci n'a rien qui doive vous surprendre :

    Comme plus d'un vieux professeur

     Bien arrogant, bien radoteur,

Ce pinson aimait mieux enseigner que d'apprendre.

Les Deux Ramiers.

✷

FABLE IX.

A ma Femme.

Deux timides ramiers, soumis au doux servage
D'un mutuel amour, passaient leurs jours en paix
    Au fond d'une forêt sauvage ;
    Ils n'en sortaient presque jamais.
Chaque printemps, c'est là qu'ils faisaient leur couvée ;
C'est là que, bons amis, bons époux, bons parens,
Ils prenaient le doux soin d'élever leurs enfans.
    Peine et plaisir, joie et corvée,
    Bref, tout était commun entr'eux :
Mais, hélas ! ici-bas est-on toujours heureux ?
    Bientôt une heure infortunée
Vint de nos deux ramiers changer la destinée.

Un cruel épervier, par la faim excité,

Pénètre en leur séjour, et là, chasseur habile,

Sur le bout d'une branche il se tient immobile,

Roulant son œil de tout côté

Pour apercevoir quelque proie.

Un des ramiers paraît ; sa griffe se déploie,

Et son aile fend l'air. Le ramier, aux abois,

Vole et fuit jusqu'au fond du bois,

Où son ennemi va le prendre...

Mais non, un oiseleur était en cet endroit,

Et dans les rets qu'il vient d'y tendre

L'infortuné vole tout droit.

Dans les airs cependant l'autre a suivi leur trace ;

Il arrive à l'instant non loin du fatal rets ;

En longs roucoulemens exhalant sa disgrâce,

Il fait gémir au loin les échos des forêts ;

Il vole d'arbre en arbre à travers le feuillage ;

Enfin il aperçoit l'objet de tous ses vœux :

Je vais donc te rejoindre. Arrête, malheureux !

Un filet me retient ; fuis-moi, fuis l'esclavage ;

Laisse-moi seul du sort subir l'affreuse loi ;

Je t'en conjure, éloigne-toi.

Inutile discours : sans plus vouloir l'entendre,

Dans le filet il va se prendre,

Et lui dit : Le malheur s'affaiblit de moitié

Quand il est partagé par la tendre amitié.

Le Coucou Indicateur,*
le Chasseur et les Abeilles.

FABLE X.

Hola! suspends ici tes pas;
Écoute-moi, chasseur, dit un coucou d'Afrique,
Tu ne t'en repentiras pas.
Voyons, veux-tu que je t'indique
D'abeilles une république,

---

* C'est dans l'intérieur de l'Afrique que se trouve le coucou indicateur, remarquable par la singulière faculté que la nature lui a don-
née non seulement de découvrir le miel des abeilles sauvages, mais
encore de les indiquer aux chasseurs qui cherchent le miel dans le
désert, et qui, avertis par les cris de ce nouvel espion, s'emparent du
petit trésor qu'ils doivent à son instinct. Durant tout le temps que le
sauvage travaille à ravir le miel des abeilles, notre oiseau se tient dans
un buisson voisin, d'où il observe attentivement ce qui se passe, us-
qu'à ce qu'il ait obtenu la part que le chasseur ne manque jamais de
lui laisser. (*Voyez* Buffon, *Hist. nat. des Oiseaux.*)

Où nous devons trouver, je t'en fais le serment,

Abondance de miel, et de miel succulent;

   Car dès long-temps je vois qu'on y travaille

Avec grand zèle; enfin je veux de la trouvaille

     Que tu me fasses bonne part;

     Ma foi, sans cette clause expresse,

     Franchement je te le confesse,

Je porte ailleurs mon vol. Eh bien! point de retard,

Lui répond le chasseur; je t'en promets le quart.

     Bien; pour le quart je me décide.

     Interrompu de temps en temps,

     Mon vol te servira de guide :

     Partons. Bientôt les contractans

Sont au lieu désiré. Notre coucou s'écrie :

C'est là, c'est sur cet arbre. Il croit déjà gruger.

Le chasseur de grimper; mais, voyant le danger

     Qui vient menacer la patrie,

La gent abeille accourt et fond avec furie

Sur son double ennemi; chacun d'eux est criblé

De force coups de dard : le chasseur, au supplice,

Se repentit long-temps d'avoir été complice

D'un lâche délateur, qui, de mal accablé,
        Mourut tout enflé.

De délateurs encore il est une autre race
        Et plus coupable et plus rapace,
        Qui, parmi nous, ô juste ciel !
        O comble de l'ignominie !
        A loisir se repaît du miel
De la délation... Elle vit impunie !

Le Condor et le Colibri.*

✸

FABLE XI.

COMMENT autour de moi, chétive créature,
Oses-tu voltiger? dit l'énorme condor
Au colibri. Va loin, il en est temps encor,
Ou'tu vas devenir à l'instant ma pâture.

    Lâche ennemi! vois-tu bien cette fleur?

' De même que le condor est le plus grand des volatiles, puisqu'il a dix-huit ou vingt pieds de vol ou d'envergure, le colibri, qui ne diffère de l'oiseau-mouche que par la forme de son bec, est à la fois un des plus petits, des plus jolis et des plus intéressans par ses mœurs; la vivacité et la variété de ses mouvemens sont presque incroyables. Buffon dit, en parlant du courage, ou plutôt de l'audace des oiseaux-mouches (ce qui peut être appliqué aux colibris) : « On les voit poursuivre avec « furie des oiseaux vingt fois plus gros qu'eux, s'attacher à leur corps; « et, se laissant emporter par leur vol, les béqueter à coups redoublés, « jusqu'à ce qu'ils aient assouvi leur petite colère : l'impatience paraît - être leur ame. ›

Elle porte mon nid ; ma famille y sommeille ;

    C'est sur son destin que je veille,

Et je saurai pour elle affronter ta fureur.

Ah ! c'est par trop d'audace ! insecte misérable ;

    Voyez un peu ce hanneton,

Oser, à moi condor, parler sur un tel ton !

    Eh bien ! de mon bec formidable

    Le téméraire va juger :

    Allons, mettons-nous à manger

Les enfans et le père... Attends, bête farouche,

Je vais te faire voir ce que peut l'oiseau-mouche

    Pénétré d'un juste courroux.

A ces mots, comme un trait il fond avec courage

    Sur le condor, qui, plein de rage,

    En tout sens, pour parer ses coups,

    Fait mouvoir sa lourde machine ;

Mais en vain : sur son col, qui jusques à l'échine

    N'a qu'un duvet pour tout abri,

Vingt fois s'est enfoncé le bec du colibri.

Contre un tel ennemi se voyant sans défense,

    L'oiseau de proie, avec grand bruit,

Frappa l'air de son aile immense,

    Et s'enfuit.

Mais le colibri le poursuit,

L'atteint, s'attache à son aisselle,

Perce un vaisseau ; son sang goutte à goutte ruisselle.

Il se perd dans la nue ; inutile secours !

Il y porte le mal qui doit finir ses jours.

En effet, par degrés sa force diminue ;

Malgré lui par degrés il abaisse son vol ;

Par le froid de la mort son aile est retenue ;

    Il tombe, expire sur le sol

    Témoin de sa lâche furie ;

Et son vainqueur revoit sa famille chérie.

    Le colibri, par ses nobles efforts,

Lui que dans tout péril un grand courage enflamme,

    Nous prouve bien qu'un petit corps

    Peut recéler une grande ame.

Une Nouvelle du Luxembourg,

OU

Le Convoi du Pauvre.

❁

FABLE XII.

J'ÉTAIS au Luxembourg ; j'y trouvai deux vieillards
      Bien babillards,
   Qui se contaient mainte nouvelle ;
Je pouvais à loisir écouter leurs récits,
Car sur le même banc nous nous trouvions assis ;
  Mais point d'avis d'en farcir ma cervelle,
J'allais les laisser là, lorsqu'un événement
Rapporté par l'un d'eux me toucha vivement ;
En voici le précis. Tout accablé d'années,
   Enfin le malheureux Martin
Vient donc de terminer ses tristes destinées :

Sortant de chez moi ce matin

Pour aller voir l'ami Préville,

J'ai vu partir le corbillard

Qui le menait à Vaugirard,

Hélas ! son dernier domicile.

De qui me parlez-vous ? de cet homme indigent

A qui, plus d'une fois, au coin de cette rue,

L'aspect de ses haillons affligeant votre vue,

Vous fîtes part de votre argent ;

Lui qu'une banqueroute a, du sein de l'aisance,

Jeté dans l'affreuse indigence ?

J'y suis ; vous m'en avez, je crois,

Raconté l'histoire autrefois.

Sans doute nul ami n'accompagnait la bière ?

Les infortunés n'en ont guère !

Pardon, un seul lui fut constant,

Et chose, hélas ! trop peu commune,

Dans l'une et l'autre fortune

Il se montra le même. Il suivait d'un pas lent

Le funéraire char, et, la tête baissée,

On voyait bien qu'atteint d'une vive douleur,

Il était tout en proie à sa triste pensée.

Vous venez de m'offrir l'exemple d'un bon cœur;

Son tendre dévoûment me fait verser des larmes.

    Délicieuse affection!

    Sainte amitié! quels sont tes charmes!

Il est de vrais amis; votre narration

      Le prouve bien!...

Ne vous y trompez pas, c'était son pauvre chien.

La Cigale et le Hibou.

FABLE XIII.

Faisant résonner l'air de ses aigres accens,
La cigale, au temps chaud, importunait l'oreille
Du hibou son voisin, lui qui dans l'ombre veille,
Et le jour, au repos abandonnant ses sens,
Dans le fond de son trou paisiblement sommeille.
Un matin qu'il venait de gagner son réduit,
  Il la conjura de se taire;
  Mais la babillarde, au contraire,
  L'importuna d'un plus grand bruit.
  Il renouvelle sa prière :
Le tapage est triplé. Malgré tous ses discours,
Voyant qu'on le bravait, pour punir la cigale,
Il appelle aussitôt la fourbe à son secours.

Ma foi, puisque les chants qui te rendent l'égale
    Du savant dieu de l'Hélicon
Empêchent le sommeil de fermer ma paupière,
    Je veux mettre à sec le flacon
    Du nectar divin dont naguère
Pallas me fit présent. Vois, si le cœur t'en dit,
    Tu peux venir; je t'y convie.
Prise de soif ardente, et se trouvant ravie
D'avoir si bien chanté, la cigale partit.
Mais soudain le hibou, quittant son noir repaire,
La poursuit et l'atteint, frappe la téméraire,
Qu'un coup de son bec plonge en l'éternelle nuit.

    Vous qui de l'humaine justice
    Si souvent transgressez les lois;
Vous qui, pour satisfaire un coupable caprice,
Insolemment d'autrui méconnaissez les droits,
Mortels, puisse à vos yeux le sort de ma cigale
    Être une leçon de morale!

Le Gui de Chêne,

le Genêt et la Bruyère.

✳

FABLE XIV.

Du haut d'un chêne à tête altière,
Un gui, tout plein de vanité,
Apostrophait ainsi le genêt, la bruyère :
Entre vous deux et moi quelle disparité !
Vous êtes perdus dans l'herbe ;
Mon front de près voit les cieux...
Ne fais pas tant le superbe,
Lui répond le genêt, et connaissons-nous mieux.

Ton arrogance est extrême ;

Dans notre humilité nous nous trouvons heureux.

Tu crois être un grand sire : apprends, pauvre orgueilleux,

Que tu n'es rien par toi-même.

La Mouche et le Cousin.

✳

FABLE XV.

La mouche, un soir,
Vit du vin dans le fond d'un verre :
Par ma foi, j'en boirai, s'écria la commère.
Je m'imagine encor la voir
Descendre, remonter, redescendre bien vite ;
Enfin, lorsqu'elle croit à son but parvenir,
Au milieu du liquide elle se précipite.
Vainement contre le trépas
Un cousin la voyant combattre,
Lui dit : Ni trop haut, ni trop bas,
Tu devais te tenir ; et dans l'air de s'ébattre.
Il donne une leçon, prudemment croit voler ;
Une chandelle est là... le fou va s'y brûler.

Le Chien et l'Agneau.

✷

FABLE XVI.

Les troupeaux de Lubin paissaient dans les bruyères :
Par ici les brebis, et les chèvres par là ;
Un jeune agneau bêlait à travers ces dernières ;
Un chien qui l'aperçut en ces mots lui parla :
Où vas-tu, camarade ? ici que viens-tu faire ?
Auprès de ces genêts ne vois-tu pas ta mère ?
Mon désir, dit l'agneau, n'est point de rencontrer
Celle qui par hasard se plut à m'engendrer,
Qui durant certain temps porta, sans le connaître,
Un fardeau qu'un beau jour par force elle mit bas,
Mais celle qui de gré, guidant mes premiers pas,
De son lait chaque jour prit soin de me repaître.

Je crois pourtant, lui repartit le chien,

13.

Que la brebis qui t'a donné naissance

Doit l'emporter. Pour moi, je n'en crois rien ;

Cette brebis savait-elle d'avance

Si je devais m'échapper de son flanc

Mâle ou femelle ! ou bien noir, ou bien blanc ?

Je suis mâle, il est vrai. Ma foi, le beau service

Qu'elle m'a rendu là ! je crois voir le boucher

A chaque instant du jour qui vient pour me chercher.

Ainsi donc la brebis, soit hasard, soit caprice,

M'engendre, me met bas sans veiller sur mon sort ;

Cette bonne chèvre, au contraire,

Me nourrit de son lait, me défend de la mort,

M'élève enfin ; voilà ma mère.

Abuzey et Usbeck.

FABLE XVII.

FÉLICITE ton fils, dit Usbeck à son père,
Du grand-seigneur, demain, j'épouserai la sœur ;
Nous chasserons ensemble en ce jour si prospère,
Et déjà de plaisir je sens battre mon cœur.
Le père répondit : La fortune est cruelle ;
Et l'on ne vit jamais rien de plus inconstant
    Que les faveurs d'une belle,
Que les jours de l'automne et les grâces d'un grand.
Mais demain de ton sort j'apprendrai la nouvelle.
Le bonhomme eut raison. Le sultan résolut
De refuser sa sœur, et tout le jour il plut.

Le Bouvreuil et le Boeuf.

✳

FABLE XVIII.

Un bouvreuil, en hiver, fut pris et mis en cage.
Jeannot, pour le soigner, l'observer chaque jour,
Près de lui dans l'étable a fixé son séjour.
Qu'est-ce donc? dit un bœuf; ô la bête sauvage!
Pourquoi donc ainsi t'agiter?
Pourquoi te tourmenter, te plaindre,
Et contre ces barreaux la tête te heurter?
Allons, sache un peu te contraindre.
Te voilà bien malade! on te donne à manger;
Gazouiller à ton aise est toute ton affaire :
Indocile animal, tu me fais enrager;
Va, profite, crois-moi, d'un destin si prospère.

De vivre sous le joug tu te trouves content,

Répondit le bouvreuil; pour toi, c'est habitude.

Hélas! moi j'étais libre; aussi la servitude

Remplit mon cœur du plus cruel tourment.

Les Grues.

✳

FABLE XIX.

Voisin, que vois-je en l'air? Voisin, ce sont des grues
Qui, désertant le nord, et vers nous revenues,
Fidèles messagers envoyés par Cérès,
Nous disent qu'il est temps d'aller en nos guérets
Répandre les engrais et jeter la semence.
Profitons du signal et faisons diligence;
Attelons nos taureaux, prenons notre aiguillon.
Ainsi deux laboureurs causaient en ma présence,
Voyant de ces oiseaux passer un bataillon.
                    Une bagatelle
Peut souvent du penseur arrêter les regards :
Je laisse discourir nos deux bons campagnards,
Et, tandis qu'en leurs champs octobre les appelle,

Je vois, chez ce peuple volant,

Régner un ordre surprenant :

Chacune, quand son aile est assez vigoureuse,

Va conduire à son tour la cohorte nombreuse.

Le régime républicain

Vient s'offrir à mes yeux dans ce vol symétrique ;

C'est le gouvernement que l'immortel Franklin

Donna jadis à l'Amérique,

Où chacun participe à la chose publique ;

Où, nivelant un peuple tout entier,

Le seul mérite ayant la préférence,

La loi donne à chacun le droit et l'espérance

D'aller du dernier rang se placer au premier.

Le Moineau.

✳

FABLE XX.

A MON AMI ROCHIER DE BERNIER.

Un moineau coquet et volage
Aimait à voir couler ses jours
Au sein de faciles amours,
Et gaîment il passait le printemps de son âge,
Comme si le bonheur devait durer toujours!
Chaque jour, disait–il, j'ai de bonnes fortunes :
L'hymen n'est réservé qu'à des ames communes.
Je veux m'appartenir; j'en jure sur ma foi,
    Je ne subirai point sa loi.
    Une fois pris, plus de ressource ;
Puis, de mille embarras le ménage est la source.

Tant que ta femme est sur les œufs,

Je te vois, pauvre époux, lui porter la pâture;

    Tu deviens père, et non moins malheureux,

Il te faut prendre soin de ta progéniture!...

Mais, lecteur, c'est assez : je n'ai pas le projet

De tout te rapporter ce que l'oiseau put dire

    Sur un aussi grave sujet.

    Cet extrait, je crois, doit suffire.

    Le Temps, malgré tous ses discours,

    N'en poursuivait pas moins son cours,

Lui qui voit, tôt ou tard, la fin de toutes choses,

Qui fait rider nos fronts, qui fait faner les roses;

Le Temps le fit vieillir, et bientôt sans retour

Désertèrent les Ris, les Plaisirs et l'Amour,

Que vinrent remplacer la froide Indifférence,

Les Ennuis, les Chagrins, suivis de la Souffrance.

En vain notre moineau gémissait sur son sort,

En vain à son secours il appelait la Mort;

Souvent il lui fallait, parcourant la campagne,

A travers les glaçons chercher quelqu'aliment

Pour vaincre de la faim le douloureux tourment.

Que n'avait-il alors une douce compagne

Pour alléger ses maux, pour prévoir ses besoins!

    Devenu vieux et cacochyme,

    Il se serait mis au régime;

Il aurait reconnu le prix de tendres soins.

Mais non, tout accablé du poids de sa misère,

    Personne, à son heure dernière,

    Ne prit pitié de son état;

Personne n'était là pour clore sa paupière;

    Il mourut seul sur son grabat :

    Et puis vantez le célibat!

Le Cheval de selle
et les Deux Poulains.

✻

FABLE XXI.

Ne cesserez-vous pas, stupides animaux,
Le dos toujours couvert de fange ou de poussière,
D'errer à l'abandon parmi de vils troupeaux?

     Que votre ignorance est grossière!
Ces ânes, ces mulets paraissent vos égaux.

     Voyez sur ma selle et ma bride
Éclater à la fois les plus riches métaux;
Voyez ce cavalier qui fièrement me guide;

     Regardez bien, pauvres badauds.
C'est ainsi qu'un cheval de manége et de race,
Frappant du pied le sol et marchant avec grâce,
Parlait à deux poulains qui, remplis de gaîté,
Trottaient et galoppaient en pleine liberté.

Un d'eux lui répondit : Nous l'avouons, mon frère,
Tu nous sembles fournir une belle carrière ;
Pourtant de ton orgueil calme un peu les transports :
Ton mors, quoique doré, n'en est pas moins un mors.

Le Voisinage.

❊

FABLE XXII.

Sorti d'un terrain en jachère,
Le seigle de chardons se trouvait entouré ;
Le fonds était très bon sans être labouré ;
Or donc, il eût produit le bled à pleine terre ;
Mais tout, par les chardons, fut détruit, dévoré.

Heureux celui qu'un sort prospère
Fait vivre au sein de ses égaux.
La famine, sans doute, et la peste et la guerre,
Sont d'épouvantables fléaux ;
Mais un mauvais voisin est le plus grand des maux.

Le Papillon et la Rose.

�֍

FABLE XXIII.

Vif et léger,
J'aime à changer;
C'est ma folie,
C'est de ma vie
Tout le bonheur;
Et chaque fleur
Ne peut près d'elle
Fixer mon aile
Qu'un seul instant.
Or, franchement
Je le confesse,
Fleurs que j'aimais,
Je vous délaisse,

Et pour jamais,

Plein d'alégresse,

Je vais ailleurs,

Amant volage,

A d'autres fleurs

Porter l'hommage

De mes ardeurs.

C'est en ces mots qu'aux fleurs de la vallée,

Un papillon fit un jour ses adieux,

Et pour aller en d'autres lieux,

A l'instant il prit sa volée.

Mais laissons voyager ce petit libertin ;

Il pourra regretter l'aimable primevère,

La modeste anémone et la simple bruyère.

A force de voler, il arrive un matin

Au milieu du plus beau parterre :

Mille fleurs à la fois éblouissent ses yeux

Dans ce séjour délicieux ;

A toutes, à la fois, l'inconstant voulait plaire ;

Mais il a vu la rose, et, d'une aile légère,

Il s'empresse d'aller folâtrer alentour.

Cher objet, lui dit-il, du plus ardent amour !

 Toi qui des fleurs est la plus belle,

 A mes vœux ne sois pas rebelle.

Ah ! pour ne pas te payer de retour,

Il me faudrait une ame bien cruelle !

Puis elle semble épanouir son sein

Pour l'inviter à faire un doux larcin.

 Dans le transport de son ivresse,

 Sur la fleur il va se poser ;

 Mais quoi ! dès le premier baiser

 Qu'il donne à sa belle maîtresse,

 Hélas ! une épine traîtresse

 Que l'imprudent ne voyait pas,

 Si dangereusement le blesse,

Qu'il est encore heureux d'échapper au trépas.

Guéri de sa blessure, il reprit sa volée,

Pour aller retrouver les fleurs de la vallée.

Jeunes gens qui, d'abord véritables Daphnis,

Alliez, tout bonnement, porter sous la coudrette

L'encens de votre amour à quelque bergerette ;

Mais qui, bientôt après, dédaignant vos Philis,

Et passant tour à tour de la brune à la blonde,

Voulez courir enfin les hasards du grand monde,

Et prenez pour cela le chemin de Paris;

Allez : vous y verrez mille beautés divines;

Vous croirez votre sort égal au sort des dieux;

Je ne conteste rien. Mais sachez qu'en ces lieux

Les roses, fort souvent, ont aussi leurs épines.

Le Pasteur et la Brebis.

✻

FABLE XXIV.

Un berger tondait sa brebis.
A combien de travaux, disait-il en colère,
Faut-il que je me livre afin de lui complaire,
Et l'ingrate se tait! Il joint les coups aux cris.
Que Dieu, dit-elle enfin, vous accorde un salaire;
Cependant, répondez : d'où viennent vos habits?

Les Promeneurs d'Ours.

*

FABLE XXV.

Le fiffre et le tambour ont frappé mon tympan.
Qu'est-ce donc? Un gros ours, docile à la cadence,
    Qui lourdement se met en danse
    Sous le bâton de son tyran.
    En vain il sue, il est en nage,
    Son poil se dresse de fureur,
Sa gueule est entr'ouverte, il faut de l'esclavage
    Qu'il supporte toute l'horreur.
Certain village était le lieu de ce spectacle;
Et là, chaque rustaud, voyant danser notre ours,
   Tout ébahi, criait miracle!
Martin a cependant achevé tous ses tours.

On part pour un autre village ;

Mais le pauvre ours, n'en pouvant plus,

Va jetant les hauts cris ; ses cris sont superflus.

Le bâton est levé. Dans un accès de rage,

Même au péril de se tordre le cou,

Enfin, Martin rompt son licou ;

Et, gagnant la forêt voisine,

Loin de ses oppresseurs librement il chemine.

Mais à force de peine, à force de courir,

Nos gens ont rattrapé la malheureuse bête,

Qui reçoit tant de coups sur le dos, sur la tête,

Qu'elle est sur le point d'en mourir.

Vous, peuples asservis que la nature entraîne

Vers une douce liberté,

Craignez dans vos tyrans une implacable haine ;

A leurs yeux, profitez de cette vérité :

Le plus grand attentat est de rompre sa chaîne.

LIVRE QUATRIÈME.

LIVRE QUATRIÈME.

Le Grillon et la Fourmi.

✳

FABLE PREMIÈRE.

La terre avait quitté sa robe de verdure;
Le torrent, en grondant, roulait dans le vallon,
Dans le sein des forêts mugissait l'aquilon;
Enfin tout annoncait le temps où la froidure
A maint et maint insecte apporte en nos climats
  Et la famine et le trépas.
A cette époque donc, aux insectes fatale,
Un pauvre et vieux grillon, sans parent, sans ami,
Va demander l'aumône à certaine fourmi,

En avarice au moins égale

A celle qui jadis refusa de prêter

 A sa voisine la cigale

 De quoi la faire subsister

 Jusques à la saison prochaine,

Bien qu'elle eût fait serment de joindre au principal,

Lors du remboursement, un intérêt légal,

Ainsi que l'a conté l'immortel La Fontaine.

Mais à présent, lecteur, mettons la nôtre en scène :

 Ah ! vous voilà, mon cher voisin,

Vous paraissez souffrant ; j'en suis vraiment peinée ;

On se ressent partout de la mauvaise année.

Quant à moi, je suis loin d'avoir un magasin

Fourni comme autrefois ; et, qui plus est, je pense

Que l'hiver sera long. Sans cette circonstance,

De mes provisions je vous ferais part... mais...

Je t'entends, tu voudrais, animal détestable,

Avoir le superflu pour être charitable :

 Va, tu ne le seras jamais.

Les Deux Chiens et le Loup.

✻

FABLE II.

ALLONS, éveille-toi, point de poltronnerie,

Donnons la chasse à l'animal glouton

Qui, l'autre jour, plein de furie,

Vint dévorer notre plus beau mouton.

Ainsi parlait Castor, chien d'une métairie,

A son camarade Pluton

Qui près de lui ronflait. A ces mots il s'éveille ;

Les hurlemens du loup ont frappé son oreille.

Compagnon, lui dit-il, avançons, je suis prêt ;

Qu'à l'instant le glouton regagne la forêt !

Ils sortent de la cour : mais le loup, en silence,

Malgré leurs jappemens, de plus en plus s'avance ;

Il n'est déjà qu'à vingt pas du logis.

15.

Nos deux chiens, qui d'abord paraissaient si hardis,
A pas précipités reviennent à leur gîte ;
    Ils y seraient, je crois, encor tapis,
Sans un coup de fusil qui mit le loup en fuite.

De tels faits, parmi nous, je fus souvent témoin,
Et bien des gens ainsi ne jappent que de loin.

Le Renard et l'Oie.

✴

FABLE III.

D'un chapon gras à lard un renard fait sa proie ;
Il met à le manger tant de voracité,
Qu'au fond de son gosier un os est arrêté.
     Passe par là commère l'oie
Qui revenait des champs. Elle vit l'embarras
Du croqueur de poulets, et suspendit ses pas.
Il n'avait jamais fait si vilaine grimace ;
Ma mignonne, dit-il, secourez-moi, de grâce ;
Un os va m'étrangler ; venez, ma bonne sœur,
L'extraire de ma gorge : une affreuse souffrance
Est déjà de ma mort le signe précurseur ;
Soyez sûre, à jamais, de ma reconnaissance.
Ton langage mielleux ne saurait me leurrer ;
Je connais les renards de trop ancienne date.

En tout temps, en tout lieu, je cherche à m'en garer :
Malheur au pauvre oison qui tombe sous leur patte.
Un os va m'étrangler ; venez, ma bonne sœur,
L'extraire de ma gorge. A d'autres la besogne ;
D'ailleurs, ma grand'-maman m'apprit jadis par cœur
  Le Loup et la Cigogne.

Le Berger et son Chien.

✷

FABLE IV.

Ah! cette fois, la chose est trop notoire :
Je ne t'ai laissé seul que la moitié du jour,
  Et qu'aperçois-je à mon retour?
  Hélas! ma pauvre brebis noire
Sur le sol étendue et baignant dans son sang.
Je ne puis en douter, c'est ta dent scélérate,
   Bête ingrate,
  Qui vient de lui percer le flanc.
En vain tu me diras qu'elle fut égorgée
Par un loup. Vil menteur! ce loup l'aurait mangée.
Quelle était mon erreur! je croyais bonnement
A tout ce que disait cet être détestable.

L'autre semaine encor, et sans savoir comment,
Dans un taillis prochain, à cent pas de l'étable,
Tout à coup disparut Robin, mon beau mouton ;
Cependant tout fut mis sur le dos du glouton.
Mais enfin, c'en est fait, pour toi plus de refuge,
Et tu vas à l'instant recevoir le trépas.
Avant de me frapper ne te refuse pas
A m'entendre un moment, et sois alors mon juge.
Vois-tu, derrière toi, le chien du vieux Lucas?

  Dans ses regards la rage est peinte ;
Du sang de ta brebis sa gueule est encor teinte ;
Lui seul est criminel. Tais-toi, lâche animal ;
Il est moins fort que toi. Témoin de sa furie,
Tu pouvais l'écarter de ma brebis chérie.
Reçois donc du bâton. Qui voit faire le mal
Et ne l'empêche pas, s'il s'en trouve capable,
  Est lui-même coupable.

La Rivière et le Fleuve.

✳

FABLE V.

GRACES à l'onde salutaire
Qu'en un vallon roulait une rivière,
Cent usines en mouvement
Répandaient le bonheur dans toute la contrée.
Eh bien! cette rivière était presqu'ignorée,
Quand, à flots révoltés, courait en conquérant
Un fleuve qui, tout fier d'usurper ses rivages,
Avare de bienfaits, prodigue de ravages,
Ne recevait, en suzerain,
Qu'avec dédain
Sa tributaire.

Pour moi, j'aurais pensé, si j'eusse été rivière,

Que ce fleuve, semblable aux grands de tous pays,

Ne subsistait, comme eux, qu'aux dépens des petits.

Le Lion devenu Fou.

✳

FABLE VI.

1829.

On a vu des rois fous. Témoin sire Griffard ;
C'est ainsi que j'appelle un lion dont Stassart *
    Nous a retracé la démence ;
Témoin le mien aussi qui, dès l'adolescence,
En proie aux passions, vit leurs fougueux transports
De son pauvre cerveau déranger les ressorts,
A tel point qu'il avait quelques momens d'absence.
Mais tous les courtisans, peuple caméléon,
    Comme l'appelait La Fontaine,
    Pour plaire au père du lion
Lui disaient que son fils avàit la tête saine,

* Fabuliste.

Et que, modèle un jour des plus grands potentats,

Il saurait sagement gouverner ses états.

·Il n'en fallait pas tant pour aveugler un père

Podagre, apoplectique et presque octogénaire.

Cependant, le vieux roi descendit aux enfers ;

Son fils lui succéda la cervelle à l'envers.

Le peuple murmura ; mais on le fit bien taire.

Son règne fut affreux, atroce, sanguinaire,

Et quoiqu'il ne durât, dit-on, que peu de temps,

Au nom de ce roi fou, ministres, courtisans,

Firent autant de maux que dix ans d'anarchie :

Cela n'empêche pas d'aimer la monarchie.

Les Deux Rats.

✳

FABLE VII.

Traduite d'Horace, satire vi, livre iii.

On raconte qu'un jour, en son modeste asile,
Un pauvre rat des champs reçut un rat de ville;
C'étaient deux vieux amis. Ménageant son avoir,
Le rat des champs pourtant s'arrangeait de manière
A bien traiter toujours ceux qui venaient le voir.
L'avoine et le pois chiche étaient son ordinaire.
⠀⠀⠀⠀A son camarade, au contraire,
⠀⠀⠀⠀Il s'empresse de faire part
De ses bons raisins secs et des tranches de lard
A qui déjà sa dent avait fait mainte entaille.
Il variait les mets pour vaincre le dédain
Qu'affectait en mangeant l'opulent citadin,

Quand lui, maître du lieu, sur quelques brins de paille,
        Gruge, à l'écart,
    Un peu d'ivraie en bon vieux campagnard,
Laissant la bonne chère à notre sybarite
Qui lui parle en ces mots : Je voudrais bien savoir
Comment tu peux te plaire à vivre en pareil gîte,
Sur un rocher désert? Tu devrais pourtant voir
Que l'homme a fui les bois pour habiter la ville.
Eh bien ! suis donc mes pas ; viens partager mon sort :
Et, puisque rien ne peut nous soustraire à la mort,
Puisque grands et petits, tout y passe à la file,
Crois-moi, soyons heureux, tandis qu'il en est temps :
     Employons bien tous les instans
         D'une vie
Qu'à toute heure menace une parque ennemie.
Par un pareil discours le rat des champs séduit,
S'élance avec transport et quitte son réduit.
Ils se mettent en route, et gaîment font voyage.
     C'était durant l'obscurité
Que ces messieurs voulaient se livrer un passage
     Sous les remparts de la cité.

Faisant glisser son char sur la voûte azurée,

La nuit, du haut des cieux, regagnait l'horizon,

    Quand nos deux rats font leur entrée

    Dans une superbe maison,

Où la pourpre avec l'or, couvrant des lits d'ivoire,

Du pauvre campagnard vint éblouir les yeux;

    Où, chose pour lui plus notoire,

    Tous les restes délicieux

Du splendide souper qu'on avait fait la veille,

Pêle-mêle emplissaient mainte et mainte corbeille.

Sur la pourpre aussitôt le seigneur de céans,

Ayant fait, avant tout, asseoir le rat des champs,

Semble un maître d'hôtel à robe retroussée;

Il va, vient et revient; vingt fois, en un instant,

    Par lui la salle est traversée;

Un mets n'attend pas l'autre, et notez-bien, pourtant,

    Qu'en rat courtois, il n'en convie

Son heureux commensal qu'après l'avoir goûté.

    Le campagnard, l'ame ravie,

De son bon camarade excite la gaîté.

    Mais, avec un bruit formidable,

S'ouvre la porte à deux battans :

La peur leur fait abandonner la table,

Et par la salle ils trottent tout tremblans.

Chacun d'eux, en un coin, de plus en plus frissonne.

Hélas ! ce n'était rien encor :

De la voix des mâtins tout le logis résonne.

Loin de moi, dit le rustre, et ta pourpre et ton or :

Vis, si tu veux, avec les riches ;

De te suivre j'étais bien fou !

Adieu, la paix est dans mon trou ;

Je vais m'y consoler en mangeant mes pois chiches.

Le Loir et la Fourmi.

✻

FABLE VIII.

CERTAIN loir, en son trou, faisait si grande chère,
Qu'il était gros et gras à crever dans sa peau;
C'était parmi les loirs un Lucullus nouveau,
  Un véritable Lareynière.
  Mais, par l'oisiveté conduit,
  L'ennui pénètre en son réduit;
Il en ressent bientôt la maligne influence;
Hélas! qui de l'ennui n'a pas porté le poids?
  Sous le chaume de l'indigence,
  Sous les lambris de l'opulence,
  Il trouve accès; combien de fois
N'a-t-il pas fait rider le front même des rois?

Un jour donc, notre loir, la panse par trop pleine,
     Et l'air encor tout endormi,
  Clopin-clopant, alla conter sa peine
     A sa voisine la fourmi :
J'ai beau manger, dit-il, et dormir à mon aise,
Je ne suis pas heureux; or, je viens aujourd'hui,
     Ma bonne sœur, pour qu'il te plaise
  De m'enseigner un remède à l'ennui.
La fourmi lui répond : Sans doute, monsieur raille ;
Un remède à l'ennui ! Fais comme moi, travaille.

Les Deux Mulots.

✳

FABLE IX.

A son décès, un vieux mulot
Laissa pour ses deux fils un petit héritage ;
Ces messieurs, au plus vite, ouvrirent leur partage ;
Ils tombèrent d'accord, et chacun prit son lot.
    Voilà nos mulots en ménage.
Ainsi que le défunt, l'aîné géra son bien ;
Il travailla beaucoup et ne l'augmenta guère :
Mais, pauvre, il fut heureux sans se reprocher rien.
Le plus jeune suivit un système contraire ;
De faire sa fortune il trouva le moyen.
Je ne veux pas, dit-il, en parlant de son frère,
    Vivre comme ce pauvre hère.

Or donc , réfléchissons : malgré tous les revers ,

J'ai là de quoi passer pour le moins trois hivers.

Je sais que la fourmi , ma plus proche voisine ,

   Déjà partout s'en va criant famine ;

Sachons donc profiter de sa position ;

Prêtons-lui de mon blé , mais à condition

     Qu'elle en rendra double mesure.

     Traitons de la même façon

Cette jeune souris , ce pauvre limaçon ,

Et tant d'autres encor ; enfin , faisons l'usure.

Ce qu'il dit , il le fit. Il prêta tant et tant ,

     Au taux le plus exorbitant ,

Que de ses débiteurs la profonde indigence

   Le mit bientôt au sein de l'abondance.

Aussi disait-il bien : J'ai de tout à foison ;

Et de fruits et de grains regorge ma maison.

Il n'est point de mulot dans toute la contrée

Aussi riche que moi , la chose est assurée ;

Et je puis désormais trancher du grand seigneur.

Un vieux grillon lui dit : Tais-toi , vil discoureur ;

     Tant de cynisme m'importune ;

Ne t'énorgueillis point de ta grande fortune,
Car, infame usurier, chacun sait aujourd'hui
Qu'elle eut pour fondement la ruine d'autrui.

Le Chardonneret et le Rossignol.

FABLE X.

Voyons qui de nous deux l'emporte par la voix,
Dit le chardonneret au chantre de nos bois.
Mais voici le pinson qui vient à tire-d'aile,
Il pourra nous juger. Sans doute à Philomèle
    Ce pinson adjuge le prix ?
C'est au chardonneret. Tous les oiseaux surpris
Viennent du rossignol déplorer la défaite,
Lui disant : Du pinson l'ignorance est complète ;
    Nous te plaignons de bonne foi.
Le rossignol répond : C'est lui que je plains, moi.

Le Cheval de Race
et le Cheval de Labour.

✷

FABLE XI.

Mon ami, s'il vous plaît, un peu plus à l'écart ;
Chacun devrait toujours se tenir à sa place.
Je ne puis concevoir par quel fâcheux hasard,
  Ou plutôt par quelle disgrâce,
Nous nous trouvons ensemble au même râtelier ;
Allons, retirez-vous, c'est trop vous oublier ;
Passe pour cette fois en faveur de votre âge ;
Du monde, un peu plus tard, vous saurez mieux l'usage.
  Apprenez que j'ai vu le jour
  Dans le haras de Pompadour ;
  Le fameux Bayard est mon père ;
  Alphane est le nom de ma mère.

Eh bien ! jeune étourdi, vous voyez de quel sang

 Je suis issu; vous voyez la distance

 Qu'entre nous deux doit mettre la naissance !

C'est assez vous vanter, tenez, moi, je suis franc :

Il est vrai, je vous trouve assez belle apparence ;

Vous pouvez être issu des plus nobles aïeux ;

Dois-je en conclure, moi, que vous en valez mieux ?

En devenez-vous autre, en bonne conscience ?

Mon père, dites-vous, n'eut jamais son égal !

 La chose n'est point surprenante :

C'était, je veux le croire, un illustre cheval ;

Mais malgré tout cela, vaniteux animal,

Peut-être n'êtes-vous qu'un pauvre rossinante.

Le Ver=Luisant
et la Famille des Chats=Huans.

✳

FABLE XII.

Déja l'astre du jour, caché sous l'horizon,
Pour d'autres régions poursuivait sa carrière,
Quand, luttant contre l'ombre à travers le gazon,
Un petit ver-luisant promenait sa lumière.
　　Plus d'une fois quelqu'autre vermisseau,
Au milieu de la nuit fourvoyé dans l'herbage,
　　A la lueur du propice flambeau,
Avait pu, sain et sauf, accomplir son voyage;
　　　　Aussi de ce bon ver-luisant
　　　　Maint insecte reconnaissant
　　　　Publiait partout la louange.
　　　　Mais ici-bas, pratique étrange !

Faites du bien et l'on vous fait du mal ;

Car de méchans cet univers fourmille.

Près de là donc, un vilain animal,

Un chat-huant élevait sa famille

Dans le creux d'un ormeau. Quelle est cette clarté

Qui de la nuit, dit-il, combat l'obscurité ?

Regardez, mes enfans, prenez-en connaissance.

    A ces mots,

    Les marmots

Mettent la tête au trou : Mon père, elle s'avance,

Dit le premier. Ceci ne me fait présager

Rien de bon, dit un autre. Un troisième s'écrie :

Cours vite l'étouffer, mon père, je t'en prie ;

Peut-être en un soleil elle va se changer.

C'en est assez, leur dit la détestable bête ;

  Comptez sur moi, calmez votre frayeur.

  Un vermisseau répand cette lueur ;

  L'audacieux va payer de sa tête

La fureur de vouloir ainsi nous éclairer ;

De mes coups, j'en réponds, il ne peut se garer.

Il dit, et près de lui va se poser à terre ;

De sa lugubre voix trois fois l'air retentit;

Il frappe : mais soudain, éteignant sa lumière,

Dans un trou de grillon notre ver se blottit.

L'oiseau, le croyant mort, retourne à son repaire

Retrouver ses enfans bien dignes d'un tel père.

  L'autre, au jour, décampant de là,

  Le plus loin qu'il put s'en alla.

Ainsi, chez les humains, en maint pays encore,

Tel qui veut, imitant notre porte-phosphore,

  Pour le bien éclairer les gens,

  Est contraint, par la confrérie

  De nos messieurs les chats-huans,

D'aller sur d'autres bords chercher une patrie.

Zéphire et la Pivoine.

✳

FABLE XIII.

Eh quoi! des doux rayons que dispense l'aurore,
    Je vois déjà l'orient qui se dore,
    Et des accens d'alégresse et d'amour
Dans les champs, dans les bois ont salué le jour,
      Et moi je ne suis pas encore
Dans le charmant bosquet où la reine des fleurs
    Hier d'amour me vit l'ame embrasée.
Ainsi parla Zéphire, et, secouant les pleurs
    Que sur son aile a formés la rosée,
      D'un vol rapide il fend les airs;
Il arrive au bosquet... ô fortune inconstante!
    Zéphire en vain cherchera son amante,
    Et ces beaux lieux pour lui seront déserts;

Il ne sait pas, hélas ! qu'un pâtre l'a cueillie,

Et qu'entre le corset et le sein de Zélie

Elle va pour toujours se faner et mourir.

Zéphire infortuné, que vas-tu devenir?

A voltiger sans cesse il fatiguait son aile ;

Il entend une voix... on le nomme, on l'appelle :

Zéphire, viens ici, viens retrouver la fleur

Objet de ton amour, objet de ta douleur.

 Zéphire vole ; il croit apercevoir

  Sa bien aimée... ô vain espoir!

 C'est la pivoine. Il lui dit, l'ame pleine

Du plus amer chagrin : Inutile est ta peine ;

  Le rouge en vain est ta couleur ;

Qu'à quelque sot frelon ton aspect en impose ;

Pour Zéphire jamais il ne sera trompeur :

La pivoine n'a pas le parfum de la rose.

L'Accapareur et le Charançon.

FABLE XIV.

Qui t'amène en ces lieux, insecte parasite,
    Avec ta famille maudite?
J'avais, en ces greniers, fait mettre en beau froment
De quoi nourrir un mois un arrondissement;
Je gagnais cent pour cent au moins sur ma denrée;
Par elle je voyais ma fortune assurée.
Mais depuis que sorti de ton obscur réduit,
Au milieu de mes blés le diable t'a conduit,
De mes vastes projets s'écroule l'édifice,
Et je vais vendre, hélas! presque sans bénéfice.
Redoutable brigand, fléau de ma maison,
Que ne puis-je à l'instant, au gré de ma vengeance,
    Par la flamme ou le poison,

Détruire pour jamais ton exécrable engeance.

   Brigand toi-même, infame accapareur,

Qui, j'en suis convaincu, voudrais de tout ton cœur

Voir tes concitoyens à la famine en proie :

Ce serait là pour toi le comble de la joie.

Sur le seuil de ta porte, en vain le laboureur,

Qui de sa main sillonne et féconde la terre,

Tout couvert des haillons de l'affreuse misère,

Viendrait te présenter son front humilié,

Tu lui refuserais, avec un cœur de pierre,

Le pain qu'aux malheureux consacre la pitié.

     Enfin, le seul vœu de ton ame

   Est de pouvoir, par un trafic infame,

     Affamant la société,

   . Assouvir ta cupidité.

     Eh bien ! le ciel, en sa colère,

   Semble, en ces lieux, m'envoyer tout exprès

   Pour renverser tes coupables projets ;

Et le mal que je fais est un mal nécessaire :

     Il te contraint, par ce moyen,

     A vendre ce précieux bien,

Ce grain qui du commerce est le premier mobile.

Cesse donc envers moi de t'échauffer la bile ;

Par d'insolens propos cesse de m'étourdir :

Je rentre en mon réduit où je vais m'applaudir

D'avoir pu dépouiller le crime

D'une fortune illégitime.

Les Animaux en Société.

✳

FABLE XV.

Las de vivre isolés, d'errer de tout côté,
Différens animaux, de région lointaine,
Voulurent à la fin vivre en société.
Pour mieux parer les coups de la nécessité,
C'était le vrai moyen, oui, la chose est certaine :
En conséquence donc tout fut organisé,
Et leur gouvernement fut, dit-on, monarchique.
      Mais pourquoi pas la république ?
Répondre à ce pourquoi n'est pas du tout aisé,
Quand plus d'un peuple encor nommé civilisé
Est courbé sous le joug du pouvoir despotique.
D'ailleurs, je ne veux point aller vous dire en vers
Des constitutions les élémens divers.

Bref, ce gouvernement leur parut préférable.

C'est vers un autre but que je vise en ma fable.

Je vais donc essayer de vous y faire voir

Qu'en la société, n'importe son régime,

L'injustice souvent s'associe au pouvoir.

Un loup s'était souillé d'un exécrable crime ;

Tout le peuple en appelle à la rigueur des lois ;

     Mais ce loup, de haute naissance,

Occupait dans l'état un des premiers emplois ;

Ce monseigneur le loup nageait dans l'opulence.

Or donc, en sa faveur on forme le jury ;

On n'y voit figurer que loups du haut parage ;

Du peuple ces gens-là n'écoutent point le cri :

Le coupable est absous. De ce nouvel outrage

La justice gémit, et l'arrêt odieux

Qu'elle repousse en vain confirme cet adage :

     Les loups jamais ne se mangent entre eux.

Le Pigeon Mignon
et le Ramier.

✳

FABLE XVI.

A force d'être heureux quelquefois on s'ennuie.

Un gros pigeon mignon, nourri de pur froment,

Emplumé sybarite, un jour quitta la fuie ;

Ce beau monsieur voulait prendre l'air un moment ;

   Auprès d'un ramier il s'appuie.

Depuis trois mois entiers, presque sans aliment,

L'habitant des forêts, accablé de souffrance,

De la faim et du froid combattait le tourment,

Et traînait dans les champs sa pénible existence.

L'Aurore cependant humectait de ses pleurs

   Quelques fleurs ;

18

Empressés de les voir éclore,

Les zéphyrs accouraient sur les traces de Flore,

Et du pauvre ramier allégeaient les malheurs.

Tu me parais bien misérable,

Dit le pigeon mignon. Dès ce soir, si tu veux,

Tu peux faire cesser ton destin rigoureux;

Prends ton vol, et suis-moi jusqu'à cette tourelle.

C'est l'heure du souper; rien ne t'y manquera.

Mais ne voudra-t-on point me rogner un peu l'aile?

Et de ma liberté qui donc me répondra?

Ta liberté! ce n'est que bagatelle.

Ah! je sens que mon cœur battra toujours pour elle.

Bon; pourtant l'hiver reviendra,

Et la misère est là. La misère! on la brave :

Qui ne sait être pauvre est né pour être esclave.

Le Pilote et les Matelots.

✻

FABLE XVII.

Un homme se plaignait de la rigueur du sort;
Ésope ainsi voulut relever son courage:
Assailli, lui dit-il, par un affreux orage,
Un vaisseau menaçait de périr loin du port,
 Et déjà l'effroi de la mort
Avait des matelots fait pâlir le visage,
Quand du ciel, par degrés, reparaît la clarté.
 Neptune veut que les autans se taisent;
  Et, sur les ondes qui s'apaisent,
 Le vaisseau vogue avec tranquillité.
De tous les matelots éclate la gaîté;
Le pilote leur dit ces mots pleins de sagesse:

Tempérons tour à tour la joie et la tristesse ;

Dans cette onde je vois l'image de nos jours ;

La peine et le plaisir en partagent le cours.

Le Castor et son Fils.

✱

FABLE XVIII.

Mon père, ne vous en déplaise,
Nous devrions enfin nous loger plus à l'aise :
Il nous faudrait au moins un bel appartement,
Afin de recevoir nos amis dignement.
En un mot, tout chez nous est mesquin ou gothique.
Mon fils, écoutez-moi : Depuis que nos aïeux
Sont venus sur ces bords fonder la république,
Sous un modeste toît on se trouvait heureux ;
J'achèverai bientôt ma soixantième année
Sans avoir murmuré contre ma destinée ;
Aussi, je suis surpris de vos projets nouveaux.
Que me demandez-vous ? vous aurez en partage
Le même héritage.

18.

Mais je ne sais quel diable a troublé les cerveaux !

Pourquoi s'abandonner à des besoins factices ?

Soyons simples toujours, dans nos mœurs, dans nos goûts ;

Mais non, l'on veut du luxe ! ah ! prenons garde à nous ;

Fermons-lui notre porte ; il mène à tous les vices.

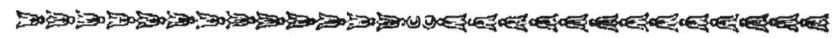

Le Chien de Berger
et le Porc à l'engrais.

✳

FABLE XIX.

Vous paraissez, seigneur, ronfler fort à votre aise,
Bien repu, comme on l'est au sortir d'un banquet.
    Je viens ici pour qu'il vous plaise
    De me laisser lécher votre baquet.
Vous voyez que ma peau sur mes os est collée ;
Depuis trois jours entiers je n'ai tâté de rien...
Que cette scène-là, rustaud, souviens-t'en bien,
    Jamais ici ne soit renouvelée.
    Si tu le peux, fais des dupes ailleurs ;
Allons, retire-toi, ton aspect m'importune.

Ainsi, regorgeant des faveurs
Qu'à 'tant d'autres pourceaux dispense la fortune,
Sire goret était fort étonné
Qu'un autre eût faim quand il avait dîné.

Le Sommeil du Lion.

✻

FABLE XX.

CERTAIN lion, jadis, régnait par la terreur ;
L'animal était né farouche, atrabilaire ;
Heureux donc le sujet qui pouvait se soustraire
     Aux noirs accès de sa fureur.
     Cet âne vient, dit-il, de braire
        D'une façon
     A m'inspirer quelque soupçon ;
Que l'on étrangle net la chétive pécore.
Je viens de voir aussi trois ou quatre brebis
S'entretenir ensemble au fond de ce taillis :
Sans doute, contre moi, l'on conspirait encore ;
Qu'à l'instant ces brebis subissent le trépas.

Que l'on fasse tomber la tête à ces gazelles ;

　　Je sus hier de leurs nouvelles.

D'assassinats enfin un jour qu'il était las ,

Il alla s'enfoncer dans la forêt prochaine ;

Il aurait bien voulu que le dieu du repos

Sur ses yeux fatigués répandît ses pavots ;

Mais en vain le zéphyr d'une bénigne haleine

Des arbres mollement balançait les rameaux ;

　　En vain, caressant son rivage,

Le ruisseau murmurait à travers les roseaux ;

Car à peine vient-il de fermer la paupière,

Qu'en sursaut le remords amène son réveil,

　　Ou bien si le dieu du sommeil

Le dérobe un moment aux traits de la lumière,

Soudain il est en proie à quelque songe affreux.

　　De mille et mille innocentes victimes

　　Le sang à flots ruisselle sous ses yeux ;

Lui même est effrayé du tableau de ses crimes ;

Sa queue, avec effort, bat son flanc agité ;

Il roule en son orbite un œil ensanglanté ;

La rage et la terreur soulèvent sa crinière ;

Il croit voir ses sujets lui livrer le combat;

Il les menace encor de sa dent meurtrière;

Mais sa force s'épuise, en vain il se débat;

De la mort, à ses yeux, brille la faux terrible:

Le sommeil d'un tyran ne fut jamais paisible.

Le Rocher.

✻

FABLE XXI.

Pour renverser un roc, et les vents et Neptune
        Firent un jour cause commune.
Éole sur sa route a semé la terreur ;
Il fond sur le rocher, l'embrasse avec fureur ;
Neptune lui répond, et du fond de l'abîme,
Le flot qu'il a lancé du roc blanchit la cime.
Inutiles efforts !... et des vents et des flots
        Contre sa masse expire la furie ;
        Il est debout, et leur ligue ennemie
        Ne peut jamais en troubler le repos.

Ce roc inébranlable offre à mes yeux l'image
        Du sage

Qu'Horace, en traits de maître, a peint dans ses beaux vers.

Contre lui la fortune assemble ses revers ;

Elle arme contre lui l'injustice et l'outrage ;

    Mais, tranquille au fort de l'orage,

    Il ne peut en être abattu,

Et marche le front haut, certain de sa vertu.

Le Taureau et le Boeuf.

✴

FABLE XXII.

Tout couvert de sueur, un taureau vigoureux,
　　　Sous ses bonds fougueux
　　　Des prés foulant l'herbe,
Vers le ciel désormais levait un front superbe ;
　　　N'ayant plus d'un joug odieux
Qu'un fragment sur le col... O bête encor sauvage !
Qu'as tu fait? dit le bœuf ; la fourche, dès ce soir,
　　　Te fera bien rentrer dans ton devoir.
Le taureau répliqua : J'endurais l'esclavage,
　　　Et, déchiré du fer de l'aiguillon,
Comme toi je traçais un pénible sillon.
Mais un jour, qu'accablé sous le poids de ma peine,

Je vis à gros bouillons mon sang rougir l'arène,

Du feu de la colère à l'instant embrasé,

Mon maître me parut un tyran exécrable ;

Mon joug devint insupportable :

Je l'ai brisé.

Le Lion t les Animaux.

✳

FABLE XXIII.

Sous certain vieux lion on guerroyait sans cesse ;
Un jeune lui succède et règne dans la paix ;
De ses sujets partout éclate la liesse.
Un ours, penseur profond, qui ne riait jamais,
Ne prenait nulle part à la réjouissance.
Pourquoi, lui dit quelqu'un, gardes-tu le silence?
Il répond : Pour ne pas éprouver le remords
Que pourrait me causer une joie insensée,
J'attends pour partager, s'il vous plaît, vos transports,
Que du jeune lion la griffe soit poussée.

L'Ouragan et les Arbrisseaux.

*

FABLE XXIV.

A la loge des Enfans d'Assas , réunis à l'O.·. du Blanc (Indre)

L'OURAGAN murmurait; Éole le déchaîne;
L'atmosphère s'ébranle. Il renverse, il entraîne
Les arbres, les buissons. Le faible chalumeau
Tombe avec son épi. Le vénérable ormeau
        Qui tant de fois sous son ombrage
        Vit folâtrer les enfans du hameau,
Ne résiste pas mieux à son aveugle rage.
En vain le chêne altier oppose ses cent bras;
Ses cent bras de la mort ne le sauveront pas.
Un groupe d'arbrisseaux s'offre sur son passage;
Étroitement unis ils bravent son effort;

L'un d'eux, le plus grand, le plus fort,
Semble le défier en redressant la tête :
L'ouragan s'indigne ; il s'arrête,
Et dit : Il en est un de vous
Que je veux écraser du poids de mon courroux ;
Écartez donc de lui vos branches tutélaires,
Ou je vous brise tous, arbrisseaux téméraires !
Ils répondent : Malgré ta rage et tes discours,
Nous voulons nous prêter un mutuel secours :
Nous mourrons, s'il le faut ; mais nous mourrons en frères.

L'Oison et sa Grand'Mère.

✷

FABLE XXV.

GRAND'maman, qu'est-ce donc que j'aperçois dans l'air?
Mon ami, c'est l'oiseau chéri de Jupiter.
Grand'maman, comme il plane! il se perd dans la nue;
Je l'ai tant regardé que j'en ai la berlue.

     C'est ainsi que je veux voler.
Regardez donc mon aile. Oui, je peux l'égaler,
Comme lui m'aller perdre au séjour des orages,
Et des autres oiseaux lui ravir les suffrages.
Allons, considérez, je vais prendre l'essor,
Et m'élever si haut! Non, ne pars pas encor;
Réprime les élans d'une indiscrète joie,
Ou crains les traits malins, lui dit notre vieille oie,
        Des habitans
        De ces étangs.

Oh ! oh ! reprit l'oison, vous nous la donnez belle,

 Et frappant l'onde de son aile,

  En pointe, il veut s'élever vers les cieux.

  Mais, dans leur vol, on sait que la nature

Voulut que les oisons eussent une autre allure,

Et qu'ainsi l'horizon fixa toujours leurs yeux,

Tandis qu'elle permit au fier oiseau des dieux

De fixer le soleil d'une forte prunelle,

Et de monter tout droit à la voûte éternelle.

Ce qui fit que l'oison, imbécille animal,

Retomba lourdement dans son marais natal,

Où canards et plongeons se firent une fête,

Par leur joyeux sabbat, de lui rompre la tête.

  Lors, sa bonne maman lui dit :

  Te voilà donc tout interdit?

Tu le vois, à présent, tu voulais l'impossible :

Au vol des aigles seuls l'Olympe est accessible.

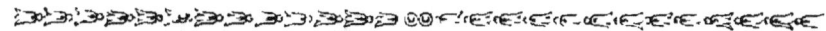

Le Naufrage de Simonide.

*

FABLE XXVI.

Nourrisson fortuné des Sœurs de l'Hippocrène,
Simonide, cédant au penchant qui l'entraîne,
Par de nobles accords charme sa pauvreté ;
Il porte son talent aux cités de l'Asie.
Là, de guerriers vainqueurs il retrace la vie,
Et conserve leurs noms à la postérité.
Ses vers récompensés lui procurent l'aisance.
Malgré les vents et l'onde il conçoit l'espérance
De revoir sa patrie ; à Cos il était né.
Enfin, de son départ vient l'instant fortuné ;
Il s'embarque ; ô destin ! la mer entre en furie.

D'avance endommagé par les efforts du temps,

Le navire est battu par les fougueux autans ;

De la proue à la poupe il se tourmente, il crie ;

Son flanc s'entr'ouvre ; il va s'abîmer sous les flots.

Cependant, au milieu des clameurs, des sanglots,

En face du trépas, le passager avide

Se charge de son or. Le sage Simonide,

Seul calme en ce moment, néglige un pareil soin.

Un matelot lui dit : Que veux-tu donc attendre ?

Et ton or ! Il répond : Cet or, tu peux le prendre ;

Tous mes biens sont en moi ; je n'en ai nul besoin.

Mais Éole et Neptune ont redoublé de rage :

Passagers, matelots se jettent à la nage ;

Toutefois, loin du bord, maint et maint naufragé

Par le poids du bagage est bientôt submergé.

Il s'en trouva pourtant qui gagnèrent la terre.

Tous, au même moment, se virent condamnés

A céder aux forbans habits et numéraire.

Ainsi, privés de tout, ces gens infortunés

Atteignirent enfin les murs de Clazomène ;

Aux muses dévoué, l'un de ses habitans

Avait lu Simonide; il admirait ses chants;

Il l'entend se nommer; sous son toit il l'emmène;

Habits, valets, argent, pour lui rien n'est trop cher.

Accusant de leur sort et les vents et la mer,

Ses pauvres compagnons, afin qu'on les soulage,

Vont montrant le tableau de leur affreux naufrage;

Il les rencontre, et dit : Vous êtes sans soutien;

Sans richesse, à vos yeux, tout paraissait stérile.

Vous voyez bien qu'en moi j'emportais tout mon bien,

Et que l'or est souvent plus nuisible qu'utile.

Malgré sa pauvreté le sage en paix s'endort;

Lui seul a de vrais biens qu'il ne perd qu'à la mort.

Le Chêne.

✿

FABLE XXVII.

Avril, 1830.

Un chêne dominait une forêt entière,

Et de son front audacieux

Il semblait défier les cieux.

Mais au loin gronde le tonnerre ;

Le bruit approche... Les éclairs

Autour du chêne ont sillonné les airs,

Et la foudre

Met en poudre

Celui qui sans aucun revers

De cent ans avait atteint l'âge.

Pour renverser les rois il ne faut qu'un orage.

ÉPILOGUE.

ÉPILOGUE.

✵

Plaire au public en vers ! quelle pénible tâche !
En vain j'aurai pâli, travaillé sans relâche,
Hélas ! mes chers enfans, vous serez critiqués,
    Disséqués.
Mais que faire ? un démon, caressant mon génie,
Me fit mordre du chien de la Métromanie,
Et, sans de l'Hélicon mesurer la hauteur,
J'eus la témérité de devenir auteur.
A maint Zoïle aussi, je crois entendre dire :
Que nous importe donc cette rage d'écrire ?
Sommes-nous obligés de lire tous les vers
Qu'enfantent chaque jour mille esprits de travers ?
Halte-là, s'il vous plaît, critique impertinente,

Sans doute mon ouvrage, à tant d'autres pareil,
Offre plus d'un défaut. Mais soyez indulgente :
Il est des taches même au milieu du soleil.

TABLE.

20.

TABLE.

LIVRE PREMIER.

	Pages.
Préface...	1
Fable i. — Le Diamant................................	15
Fable ii. — Le Chien et les Moutons................	17
Fable iii. — La Souris et la Tortue................	20
Fable iv. — Les Moqueurs............................	21
Fable v. — Les Perroquets et le Hibou.............	22
Fable vi. — Les Plaideurs...........................	24
Fable vii. — Le Grillon et le Papillon.............	25
Fable viii.— La Belette et la Vipère...............	27
Fable ix. — Le Dervis et son Disciple..............	28
Fable x. — Les Oiseaux et l'Oiseleur..............	29

Pages

Fable xi.   — Les Deux Limaçons..................... 31

Fable xii.   — La Citrouille et l'Orme............... 33

Fable xiii. — Le Hérisson et la Fourmi.............. 34

Fable xiv.   — Esope jouant aux Noix................. 36

Fable xv.   — Le Hanneton........................... 38

Fable xvi.   — L'Éléphant à la cour du Lion......... 39

Fable xvii. — Les Chèvres et les Boucs............. 42

Fable xviii. — L'Indien et le Chameau............... 43

Fable xix.   — Le Taureau et le Veau................ 45

Fable xx.   — L'Écureuil navigateur................ 46

Fable xxi.   — Les Deux Ages........................ 48

Fable xxii. — Le Pêcheur et le petit Poisson....... 49

Fable xxiii. — Les Deux Amis........................ 50

Fable xxiv. — Les Deux Chenilles................... 52

Fable xxv.   — Le Pélerin et le Mendiant............ 55

LIVRE DEUXIÈME.

Fable i.   — La Brebis, le Chien et le Loup........ 59

Fable ii. — Les Deux Cygnes........................ 61

Pages.

FABLE III.   — Le Boiteux et l'Aveugle............   63

FABLE IV.   — La Vieille et la Bouteille.............   65

FABLE V.   — La Mésange et l'Aigle.................   66

FABLE VI.   — L'Amateur et l'Hirondelle............   68

FABLE VII.   — L'Éléphant et l'Oiseau de Paradis.....   70

FABLE VIII.   — Le Héron et la Loutre................   72

FABLE IX.   — Le Chasseur et le Chien..............   74

FABLE X.   — Les Ruisseaux et la Rivière..........   75

FABLE XI.   — L'Abeille et l'Araignée...............   77

FABLE XII.   — Le Père avare et le Fils prodigue.....   80

FABLE XIII.   — La Cigogne et l'Autour...............   81

FABLE XIV.   — Le Papillon et le Frelon......   83

FABLE XV.   — La Philosophie , la Science et la

              Pauvreté...........................   85

FABLE XVI.   — Le Lion devenu Roi.................   88

FABLE XVII.   — Le Chien de l'hospice et le jeune Enfant.   90

FABLE XVIII. — Le Grillon...........................   95

FABLE XIX.   -- Le Mulot et la Taupe................   97

FABLE XX.   — Le Rossignol et le Serpent............   99

FABLE XXI.   -- La Souris et le Chat.................   101

Pages.

FABLE XXII. — Le jeune Cheval et le vieux............ 103

FABLE XXIII. — Le Hobereau et les petits Oiseaux.... 105

FABLE XXIV. — La Santé et le Voyageur.............. 107

FABLE XXV. — La Sauterelle......................... 109

LIVRE TROISIÈME.

FABLE I. — L'Aigle et les Faucons.................. 115

FABLE II. — Le Voleur, le Chien et son Maître....... 118

FABLE III. — L'Aigle et l'Escargot.................. 120

FABLE IV. — Le Torrent et la Rivière............... 122

FABLE V. — Le petit Chien aboyant contre les gros.... 124

FABLE VI. — Le Rat et le Chat...................... 126

FABLE VII. — Télémaque et Cerbère................... 128

FABLE VIII.— Le Pinson et le Rossignol.............. 130

FABLE IX. — Les Deux Ramiers....................... 132

FABLE X. — Le Coucou indicateur, le Chasseur et

les Abeilles............................ 135

FABLE XI. — Le Condor et le Colibri................. 138

Fable XII.   — Une Nouvelle du Luxembourg, ou le

Convoi du Pauvre.................. 141

Fable XIII.   — La Cigale et le Hibou.............. 144

Fable XIV.   — Le Gui de Chêne, le Genêt et la

Bruyère......................... 146

Fable XV.   — La Mouche et le Cousin.............. 148

Fable XVI.   — Le Chien et l'Agneau.............. 149

Fable XVII.   — Abuzey et Usbeck.................. 151

Fable XVIII. — Le Bouvreuil et le Bœuf.............. 152

Fable XIX.   — Les Grues......................... 154

Fable XX.   — Le Moineau........................ 156

Fable XXI.   — Le Cheval de Selle et les Deux Poulains. 159

Fable XXII.   — Le Voisinage...................... 161

Fable XXIII. — Le Papillon et la Rose.............. 162

Fable XXIV. — Le Pasteur et la Brebis.............. 166

Fable XXV.   — Les promeneurs d'Ours.............. 167

LIVRE QUATRIÈME.

Fable I.   — Le Grillon et la Fourmi.............. 171

Fable II.   — Les Deux Chiens et le Loup.............. 173

Pages.

Fable III. — Le Renard et l'Oie...................... 175

Fable IV. — Le Berger et son Chien............... 177

Fable V. — La Rivière et le Fleuve............... 179

Fable VI. — Le Lion devenu fou......:.......... 181

Fable VII. — Les Deux Rats.................. 183

Fable VIII. — Le Loir et la Fourmi.................... 187

Fable IX. — Les Deux Mulots...................... 189

Fable X. — Le Chardonneret et le Rossignol....... 192

Fable XI. — Le Cheval de Race et le Cheval de
labour.................... 193

Fable XII. — Le Ver-Luisant et la famille des Chats-
Huans............................,........ 195

Fable XIII. — Zéphire et la Pivoine.................. 198

Fable XIV. — L'Accapareur et le Charançon......... 200

Fable XV. — Les Animaux en société............... 203

Fable XVI. — Le Pigeon mignon et le Ramier....... 205

Fable XVII. — Le Pilote et les Matelots.............. 207

Fable XVIII. — Le Castor et son Fils.................. 209

Fable XIX. — Le Chien de Berger et le Porc à
l'engrais......................... 211

Fable xx. — Le Sommeil du Lion.................. 213

Fable xxi. — Le Rocher............................ 216

Fable xxii. — Le Taureau et le Bœuf.............. 218

Fable xxiii. — Le Lion et les Animaux............... 220

Fable xxiv. — L'Ouragan et les Arbrisseaux......... 221

Fable xxv. — L'Oison et sa Grand'Mère............ 223

Fable xxvi. — Le Naufrage de Simonide............. 225

Fable xxvii. — Le Chêne........................... 228

Épilogue.................................. 231

FIN DE LA TABLE.

IMPRIMERIE ET FONDERIE DE J. PINARD,
RUE D'ANJOU-DAUPHINE, N° 8, A PARIS.

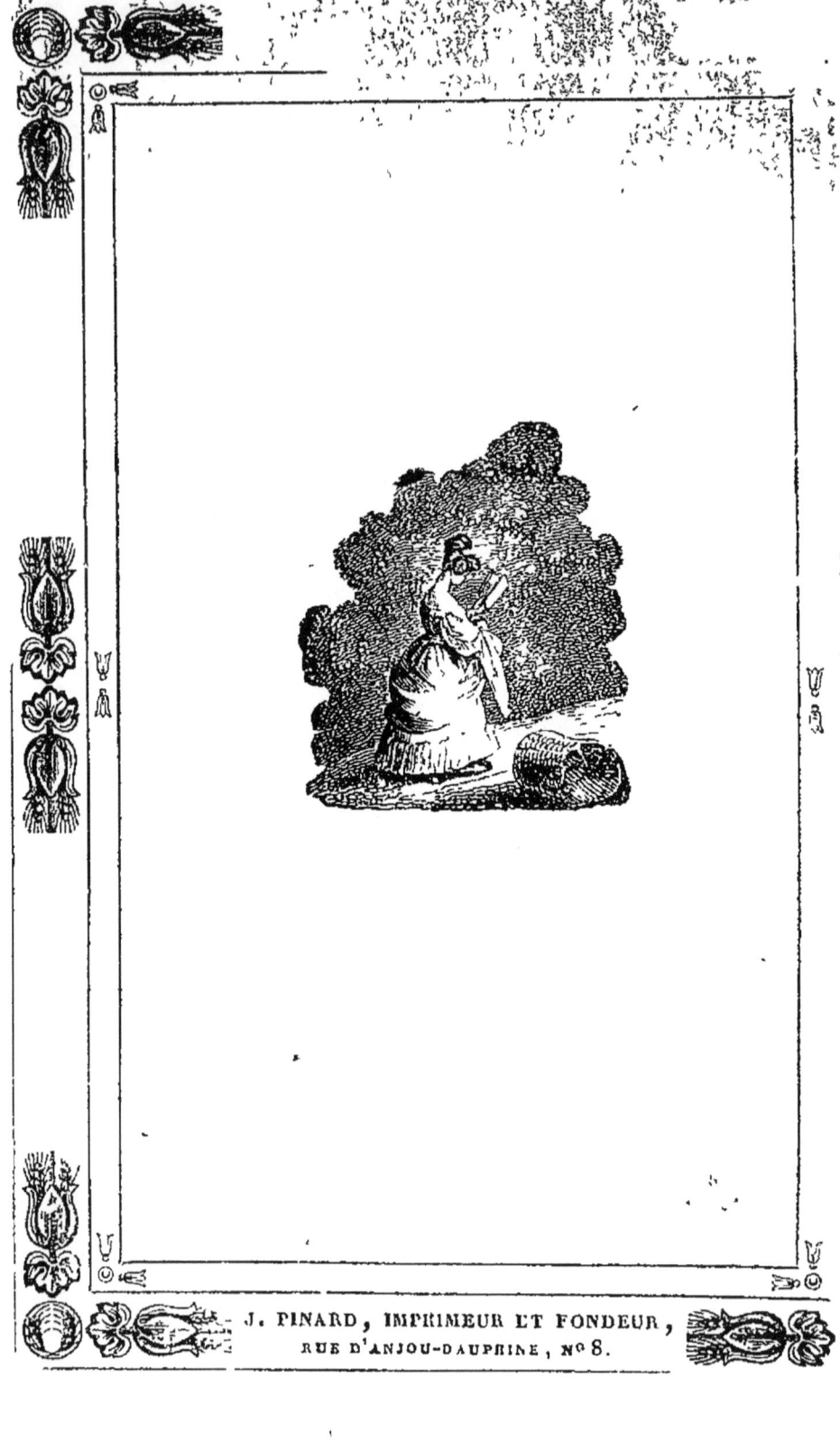

J. PINARD, IMPRIMEUR ET FONDEUR,
RUE D'ANJOU-DAUPHINE, N° 8.

www.ingramcontent.com/pod-product-compliance
Lightning Source LLC
Chambersburg PA
CBHW070517030726
47503CB00004B/1290